Tucholsky Wagner Zola Scott Sydow Schlegel
Turgenev Wallace Fonatne Freud
Twain Walther von der Vogelweide Fouqué Friedrich II. von Preußen
Weber Freiligrath
Fechner Fichte Weiße Rose von Fallersleben Kant Ernst Frey Richthofen Frommel
Hölderlin
Fehrs Engels Fielding Eichendorff Tacitus Dumas
Faber Flaubert
Eliasberg Ebner Eschenbach
Feuerbach Maximilian I. von Habsburg Fock Eliot Zweig
Ewald Vergil
Goethe London
Elisabeth von Österreich
Mendelssohn Balzac Shakespeare Dostojewski Ganghofer
Lichtenberg Rathenau
Trackl Stevenson Doyle Gjellerup
Tolstoi Hambruch
Mommsen Lenz
Thoma Hanrieder Droste-Hülshoff
von Arnim
Dach Verne Hägele Hauff Humboldt
Reuter
Karrillon Rousseau Hagen Hauptmann
Garschin Gautier
Defoe Baudelaire
Damaschke Hebbel
Descartes
Hegel Kussmaul Herder
Wolfram von Eschenbach Schopenhauer
Dickens
Darwin Rilke George
Bronner Melville Grimm Jerome
Bebel
Campe Horváth Aristoteles Proust
Voltaire Federer
Bismarck Vigny Barlach Herodot
Gengenbach Heine
Storm Casanova Tersteegen Grillparzer Georgy
Lessing Gilm
Chamberlain Langbein
Gryphius
Brentano Lafontaine
Strachwitz Claudius Schiller Kralik Iffland Sokrates
Bellamy Schilling
Katharina II. von Rußland
Gerstäcker Raabe Gibbon Tschechow
Löns Hesse Hoffmann Gogol Wilde Vulpius
Gleim
Luther Heym Hofmannsthal Morgenstern
Klee Hölty
Roth Heyse Klopstock Kleist Goedicke
Puschkin Homer
Luxemburg Mörike
La Roche Horaz Musil
Machiavelli
Kierkegaard Kraft Kraus
Navarra Aurel Musset
Lamprecht Kind Moltke
Nestroy Marie de France Kirchhoff Hugo
Laotse Ipsen Liebknecht
Nietzsche Nansen
Marx Ringelnatz
Lassalle Gorki Klett
von Ossietzky Leibniz
May
vom Stein Lawrence Irving
Petalozzi
Platon Knigge
Pückler Michelangelo Kafka
Sachs Poe Kock
Liebermann
Korolenko
de Sade Praetorius Mistral Zetkin

Der Verlag tredition aus Hamburg veröffentlicht in der Reihe **TREDITION CLASSICS** Werke aus mehr als zwei Jahrtausenden. Diese waren zu einem Großteil vergriffen oder nur noch antiquarisch erhältlich.

Symbolfigur für **TREDITION CLASSICS** ist Johannes Gutenberg (1400 — 1468), der Erfinder des Buchdrucks mit Metalllettern und der Druckerpresse.

Mit der Buchreihe **TREDITION CLASSICS** verfolgt tredition das Ziel, tausende Klassiker der Weltliteratur verschiedener Sprachen wieder als gedruckte Bücher aufzulegen – und das weltweit!

Die Buchreihe dient zur Bewahrung der Literatur und Förderung der Kultur. Sie trägt so dazu bei, dass viele tausend Werke nicht in Vergessenheit geraten.

Franzl und Mirzl

Bertha von Suttner

Impressum

Autor: Bertha von Suttner
Umschlagkonzept: toepferschumann, Berlin

Verlag: tredition GmbH, Hamburg
ISBN: 978-3-8424-1263-7
Printed in Germany

I.

»Soll ich euch eine Geschichte aus meiner Jugend erzählen?« fragte die lustige, weißhaarige Tante.

»Gewiß, gewiß!«

»Sie kann aber lang werden.«

»Desto besser!«

»So lang, daß ich nach einiger Zeit erschöpft sagen muß: Fortsetzung folgt.«

»Dann versammeln wir uns morgen um dieselbe Stunde bei dir und lauschen deiner Erzählung weiter!«

»Ihr seid wie die kleinen Kinder, ihr erwachsenes Volk! Immer noch so gierig auf mein »Es war einmal« wie vor so vielen Jahren, wo ich euch die alten Märchen von Aschenbrödel und Dornröschen erzählte ... Gute Menschen bleiben doch immer Kinder ...«

»Wovon du ein lebendes Beispiel bist, Tantchen; wenn es gilt, närrisch und toll sein –«

»Respekt bitte ich mir aus! Ich lasse mich nicht für irrsinnig erklären; am wenigsten von euch – unartiger Affenchor!«

»Und wir fühlen uns durch diese Benennung gar nicht getroffen: wenn man so schön ist wie wir ... denn du wirst doch zugestehen, Tante, daß wir nicht üble Erscheinungen sind – voll Anmut und Zauber ... Unser Herr Bruder da, der Leutnant, bricht alle Herzen und wir –«

»Ihr Prachtmädels habt wohl an jeder Fingerspitze einen grausam leidenden Anbeter baumeln? – Also hört mir zu; in meiner Geschichte ist diesmal auch von Liebe und allerlei Sentimentalem die Rede. Das sieht mir freilich nicht sehr ähnlich, wie? Schwärmerei, Augenverdreherei, alles was melancholisch und pathetisch ist, das verträgt sich schlecht, meint ihr, mit meiner einfachen und nüchternen Heiterkeit, mit meinem kalten Verstand und gesunden Sinn – mit meinem fröhlichen Gleichmut?«

»Mit deiner kreuzfidelen Lebensweisheit – würde ich's ausdrücken,« schaltete der Leutnant ein.

»Danke. Zünde dir eine Zigarette an, wenn du willst – und ich beginne: Ich war damals vierzehn Jahre alt –«

»Eine Kindergeschichte?« fragte der junge Mann enttäuscht.

»Deine Schwestern werden dir bezeugen, daß wir Frauen, von dem Augenblicke, als wir – wie die Engländer sagen, *»in our teens«* angelangt sind, keine Kinder mehr, sondern meist Romanheldinnen abgeben. Ohne Julia in Betracht zu ziehen, die sich im Alter von vierzehn Jahren mit Romeo vermählt hat, sind auch die meisten übrigen Jungfrauenknospen, wenn sie gleich äußerlich mit Puppen spielen, innerlich doch von dem Bewußtsein getragen, daß sie voll holdseliger Wichtigkeit sind. Und sie beginnen zu träumen, wie sie es wohl anstellen sollen, um so erhaben und lieblich zu erscheinen, wie es dem hehren Ideal entspricht, als das sie durchs Leben wandeln wollen. In was soll sie sich hineinarbeiten? Geistsprühende Salonkokette? Opfermutige Samariterin? Rege Schaffnerin am häuslichen Herd? Aus Liebesschmerz Dahinsiechende? Unnahbar grausame Männerfeindin? ... Sie weiß noch nicht recht was – aber ein großer Charakter wird sie werden. Bewunderung, Furcht oder Rührung – je nach Umständen – wird sie einflößen; aber was es immer sei: sie wird's in hohem Maße einflößen und während ihres ganzen Erdenlaufes.«

»Ist es wahr,' wendete sich der Leutnant an seine Schwestern, »daß ihr alle so unmäßig gänsemäßig seid?« –

»Wir sind schon zwanzig und darüber,« entgegnete die eine, – »während du mit deinen neunzehn Jahren vermutlich in der ärgsten Heldenträumerei versunken bist. Nicht wahr, Tante?«

»Wie soll ich in die Tiefe eines Knaben – *pardon:* Männerherzens blicken? Da fehlt mir die Erfahrung – ich habe nur die weibliche Gefühlsskala durchgespielt; als junges Mädchen in Moll, als alte Frau in Dur. Jetzt erbitte ich mir aber einige Aufmerksamkeit – stille halten und freundlich schauen, denn diesmal beginne ich unwiderruflich.

In meinem vierzehnten Jahre – ihr wißt, daß ich eine Waise war – lebte ich unter der Obhut meines Vormundes. Die Frau desselben vertrat Mutterstelle an mir, oder versuchte wenigstens es zu tun; es gelang ihr jedoch nicht, sich meine besondere Zuneigung, am allerwenigsten aber meinen Gehorsam und meinen Respekt zu gewinnen. Dazu behandelte sowohl sie, als auch ihr Gatte, das kleine, ohnehin eigenwillig veranlagte Mädchen mit viel zu großer Verehrung. Grund dieser Verehrung war wohl mein sehr bedeutendes Vermögen und mein adeliger Name, die ihnen, den Bürgerlichen, die bisher in bescheidenen Verhältnissen gelebt, so sehr imponierten, daß sie mich wie eine Art Königstochter behandelten, bei der sie eher Hofstaat abgaben, als Elternstelle vertraten. Meine Launen waren Gebot. Daß ich unter solchen Umständen mich nicht zum hoffärtigsten und widerwärtigsten »Rangen« herangebildet habe, ist mir noch immer unbegreiflich, und deutet auf große angeborene Liebenswürdigkeit des Charakters ... Bitte, ich verlange im Vorübergehen Anerkennung meiner vortrefflichen Angeborenheit ... Einstimmig? Gut. Ich fahre fort.

Meine Erzieherinnen, um es den Pflegeeltern recht zu tun, enthielten sich auch aller Strenge und ließen meine Launen – gewähren. Ich hatte ungeheuer viel Freiheit. Freiheit im Umherlaufen durch Park und Wald; Freiheit besonders im Lesen. Die Bibliothek stand mir offen. Es waren zwar keine schlechten Bücher darin, aber doch eine große Anzahl von Romanen, welche für mein Alter nicht paßten. Ich verschlang täglich einen halben Band. Daß ich daraus Schaden gezogen, will ich nicht sagen; aber ich war dadurch im Gemüte um mehrere Jahre früher erwachsen als andere Mädchen und mit vierzehn Jahren fühlte ich mich als ein fertiges Weib, das über seine Zukunft selbstbestimmend verfügen durfte.

Eines Tages – es war im Hochsommer – hatte ich wieder einmal, ohne Erlaubnis einzuholen, einen langen, einsamen Spaziergang unternommen. Wir lebten in einem mir zugehörenden Schlosse, das von einem weiten, großen Park umgeben war. Da ich meine Spaziergänge nicht außerhalb des an den Park grenzenden Waldes auszudehnen pflegte, so hegte man keine Besorgnis um meine Sicherheit. Diesmal aber hatte ich mich doch aufs Feld hinausgewagt und war bis in ein fremdes Dorf gelangt.

Ich hielt einen großen Strauß Feldblumen in der Hand, den ich unterwegs gepflückt – zumeist Mohnblumen. Das paßte zu dem roten Ausputz meines Hutes und zu meinem gleichfarbigen Gürtelband. Das hatte ich mir schon so eingerichtet, denn ich war seit jeher eine Freundin von Farbenharmonien. Von allen Harmonien überhaupt - dieselben sind ja die Trägerinnen dessen, was da gut und entzückend ist: in Tönen heißt's Musik; im Herzschlag - Liebe; im Geistesschwung - Poesie; im Urteil - Gerechtigkeit und in der Gedankenfügung - Weisheit. An jenem Tage aber hieß mein schöner roter Farbenzusammenhang einfach - Stierwut.

Stellt euch vor: da lustwandelte ich in höchster Lebensfreudigkeit querfeldein; froh, eine so schöne Welt, eine so lange Jugend vor mir zu haben, als plötzlich dieses Gefühl in die schaurigste Todesfurcht umschlug. Von einem Seitenweg in wildem Lauf hervorgestürzt kam ein wütender Stier und - die harmonische Abtönung meiner Toilette vermutlich gewahr werdend, blieb er eine Weile stehen, schüttelte grimmig den Kopf und lief in gerader Richtung auf mich zu.

Von der fürchterlichen Spannung dieses Augenblicks kann ich in meine Erzählung leider nichts übertragen, denn die Schreckensfrage: »Endet's mit dem Tode«, welche auch die Zuhörer einer Geschichte erregen kann, wenn diese in dritter Person erzählt wird, die fällt bei einer Ichgeschichte gänzlich weg. Ihr wißt, daß ich's erlebt habe; ihr nährt keinen Zweifel, daß, wenn eins von uns beiden seither gestorben - so ist's der Stier.

Sterben, sterben sollen, wenn man so jung ist und ein so herrliches Leben vor sich hat - sterben auf eine so martervolle Art: zerstampft, zerspießt, zerfetzt ... in der Gewalt des schnaubenden, brüllenden, fletschenden Ungeheuers, das mit bluttriefenden Augen und geiferspeiendem Rachen in Wut und Wucht auf sein Opfer stürzt ... Könnt ihr euch in die Angst versetzen, die mich an den Boden gewurzelt hielt, während der - eine Marterewigkeit scheinenden - zehn Sekunden, die das Tier brauchte, um auf mich zuzulaufen, bis ich unter seinem dröhnenden, heißen Pesthauch mit einem Jammerschrei zusammenfiel - -«

»Gräßlich!« riefen die andern schaudernd.

II.

Es trat eine Pause ein. Die alte Dame machte gar keine Miene, fortzufahren.

»Aber Tante,« sagte endlich eines der Mädchen, »wie lange willst du denn noch unter der ungemütlichen Bestie liegen bleiben und uns dabei zusehen lassen? Erzähle doch weiter: wie wurdest du gerettet?«

»Soll ich dir vielleicht helfen, verehrtes Tantchen?« fragte der Leutnant. »Ich würde vorschlagen: Plötzlich fiel ein Schuß und das Ungetüm wälzte sich in seinem Blute.«

Die Tante lachte. »Du glaubst also, daß ich mich einer freien Improvisation hingebe? Daß ich meine Einbildungskraft anstrenge, um euch zu unterhalten? Nein, es ist schon ganz genügend hübsch von mir, daß ich zu diesem Zweck mein Gedächtnis anstrenge - ich erfinde nichts. Mein Stier ist kein Fabeltier. Aber es fiel auch kein Schuß. Es packte mich einfach ein kräftiger Arm und schleuderte mich eine Strecke weit aus dem Bereich meines Feindes. Dieser raste weiter, ohne meinen Retter anzugreifen und ließ sich wo anders einfangen.

Ich war zitternd und halb ohnmächtig auf dem Platze liegen geblieben, wohin ich geschleudert worden; da kam mein Retter zu mir und richtete mich sanft auf. Kinder, ein hübscher Junge war's - ich sag' euch, - hübsch *à croquer*, zum Aufknacken. Er trug einfache, beinah bäuerliche Tracht, mir erschien er aber blendend wie ein Königssohn -«

»'s ist Ihnen doch nix g'schehn Fräul'n?«

Ich machte eine verneinende Kopfbewegung, denn zum Reden war ich noch zu erschüttert,

»Na, Gott sei Dank! 's wer do schad' g'wesen um so a bildsaubr's Mad'l.« - Denn ihr müßt wissen, ich war nicht übel in meinem Mai.

»Das brauchst du uns bei solchem Prachtoktober nicht erst zu versichern.«

»Schmeichelkater du, gestiefelter - besäbelter!«

»Nur weiter, Tante! Was geschah zunächst? Mir kommt nämlich deine jetzige Lage, in der Gewalt des jungen Bäuerleins, nicht viel weniger gefährlich vor - wenn auch in anderer Art - als diejenige, aus welcher er dich errettete.«

»Warum nicht gar!« rief eine der Schwestern. »Aber so seid ihr Männer - von wilden Tieren zerfleischt werden, das gönnt ihr uns viel leichter, als von euresgleichen - sofern ihr's nicht selber seid - ein Küßchen zu kriegen.«

»Richtig, du hast's erraten, Malwine; das war's, was mir drohte.«

»O Sie lieb's Schatzel - Sie sein ja noch ganz hin vor Schreck, können's denn noch gar nix reden?« Dabei schaute er mich so zärtlich an und hielt noch immer meine Taille umschlungen. Endlich fand ich meine Stimme wieder.

»O mein Retter - mein Retter - mein Retter! Wie soll ich Ihnen danken?«

»Nix zu danken.«

»Was?! Das Leben nennen Sie nichts? Wie Ihnen jemals vergelten! - Was werde ich Ihnen geben können, das nur den hundertsten Teil meiner Schuld abtrüge!«

»Sie san mir nix schuldi. - Und schenken wollen's mir was? Was mer a recht große Freud' machen tät? Nachher schenken's mir a Bußl ... Etwa nit? - Nachher nimm' i mers.«

Und er drückte seine roten Lippen, durch welche blendende Zähne schimmerten, auf die meinen; so herzhaft, so glühend, so lang', daß mir der Atem und schier die Besinnung verging.«

»Nun - hab' ich's nicht gesagt, daß diese zweite Gefahr -«

»Du hast recht, Georg, der Kuß war keine Kleinigkeit, Der fiel in mein dummes vierzehnjähriges Herz hinein, wie ein Wetterstrahl in eine Scheune und -«

»Tra - ra!« ahmte Georg die Feuerwehrtrompete nach.

»Zum Glück kam auch jetzt rechtzeitig -«

»Die Löschmannschaft?«

»Ein Wagen dahergerollt, in welchem mein Vormund saß.«

»Wie das alles klappt! Wenn ich deinen heiligen Eid nicht hätte, daß du nichts erfindest –«

»Als ob ein vorbeifahrender Vormund ein gar so phantastisches Meteor wäre! Wie aus den Wolken gefallen war er freilich, als er am Wegerand sein Mündel erblickte, vom Arm eines Bauernjungen umschlungen. Er war jedoch bald mit der Sachlage versöhnt, nachdem ihm die Rettungsgeschichte mitgeteilt worden. An ihrer Wahrhaftigkeit konnte ihm kein Zweifel aufsteigen, weil er soeben durch das Dorf gekommen, in welchem man unter großem Lärm das wütende Tier eingefangen hatte. Es war unter solchen Umständen dem Bauernjungen auch nicht übelzunehmen, daß er das noch halb ohnmächtige Fräulein mit seinem Arm unterstützte – von dem Kusse hatte der Heranfahrende zum Glück nichts gesehen – und so wurde mein Lebensretter mit gebührendem Lob und Dank überschüttet. Um Namen und Stand befragt, gab er an, daß er Franzi Hubinger heiße, Sohn des Dorfschmiedes sei – zwanzig Jahre alt, und eben zum Militär assentiert worden.

Mein Vormund sagte ihm hierauf auch, wer das Fräulein sei, dem er zu Hilfe gekommen, und gab ihm zu verstehen, daß er auf hohen Lohn Anspruch habe, den er fordern möge.

»Tun's mer den einzigen G'fallen, gnä' Herr, und zahlen's mi nit; sonst is mer die ganze Freud' verdorben. D'Fräul'n hat sich eh' schon bei mir bedankt – und so schön, daß ich's mein Lebtag nit vergessen wer!«

Mein Vormund hatte mich indessen in den Wagen gehoben.

»B'hüat Ihna Gott, schön's Fräul'n« – sagte der Franzl, »lassens mir nur noch a mal Ihnera Hand küss'n.«

»Na, wir sehen uns schon noch,« sagte mein Vormund, »sprechen Sie bei uns vor –«

»Nit so bald, gnä' Herr: morgen muß i einrücken zum Regiment – und komm erst in drei Jahren wieder hoam. B'hüat Gott no' mal!«

Er schwenkte den Hut und, über den Weggraben setzend, lief er querfeldein. Wir fuhren davon. Ich winkte mit dem Tuche, so lange als die Gestalt des Burschen zu sehen war, dann fiel ich in die Kissen zurück mit einem schweren, schweren Seufzer und war – ich geb's euch als Scharade auf – was war ich?«

»Verliebt,« antworteten Neffe und Nichten gleichzeitig.

»Ihr seid bangenerregend gescheit, Kinder! Ja, das war mein Zustand. Nur drückte ich es edler aus: ich *liebte*... Es läßt sich nicht sagen, was mir dieser neue, überraschende Umstand für Hochachtung vor mir einflößte. Es war mir, als hätte ich irgend eine Weihe empfangen. Dieselbe, die ich früher gewesen, war ich keinesfalls mehr; ich fühlte mich deutlich verwandelt. Und das Los meines Lebens war gefallen; Franzls Weib. Seraphine Hubinger: das war meine Zukunft. Keine üble Zukunft ... Denn, daß ich's nur gestehe, jener Kuß war mir als etwas ganz unbeschreiblich Süßschreckhaftes vorgekommen, etwas Fabelwonniges, Götterrätselhaftes ... und die Zukunft als Franzls Weib stellte ich mir als eine ununterbrochene Fortsetzung derselben Kußempfindung vor. Was ich da war – das geb' ich euch diesmal nicht als Scharade auf, das konstatiere ich lieber gleich von vornherein: mehr Mädchen als Fräulein – mehr Turteltaube als Mädchen und mehr – – Gans als Turteltaube.«

»Du bist streng, Tante. Doch vermutlich hat diese Schwärmerei nicht lang' gedauert? Und da du nicht Frau Hubinger heißest, so wissen wir, daß dein Zukunftstraum unerfüllt geblieben.«

»Es ist recht ärgerlich, daß meine bloße Existenz und staatsbürgerliche Stellung diese Erzählung aller spannenden Eigenschaften beraubt. Zuerst konntet ihr nicht wegen eines tödlichen Ausganges des Stierüberfalles zittern, und jetzt nicht wegen der möglichen Heirat mit Franzi. Aber nicht alle Liebesgeschichten enden am Traualtar; es gibt noch hundert andere tragische und komische, interessante und merkwürdige Abschlüsse dafür; also lauschet immerhin mit so atemloser und fieberhafter Neugier, als ihr wollt.«

»Wir hängen an deinen Lippen –«

»Das ist ja für beide Teile recht behaglich. – Die Schwärmerei habe nicht lange gedauert, meint ihr? O, doch! – Jahre und Jahre. Diese Liebe hatte sich mir sozusagen inokuliert und blühte, mit meinem Organismus verwachsen, mächtig heran. So wie jeder Mensch beim Erwachen seine Identität fühlt, so war jeder Morgen mein erster Gedanke: Franzls Weib – das ist mein Los. Schwierigkeiten sah ich keine vor mir. Alles beugte sich ja stets meinem Willen - wer würde mich hindern, mein Schicksal, wie es im Buche der Vorsehung und in meinem eigenen Herzen geschrieben stand, zu erfüllen. Weltliche Rücksichten? Über die würde ich mich hinwegzusetzen wissen. Schlimmsten Falles würde ich bis zu meiner Volljährigkeit warten müssen ... Wie ihr seht, war ich so ziemlich bewandert, was übrigens eine natürliche Folge meines fleißigen Romanlesens war. Freilich wäre das Warten bis zum einundzwanzigsten Jahre ein sehr bitterer Fall gewesen, denn sieben Jahre - die Hälfte des bisher zurückgelegten Lebensweges - schienen mir eine unabsehbar lange Epoche. Drei Jahre wollte ich nur warten; die drei Jahre, welche der Franzi beim Militär bleiben mußte, und welche noch zu meinem vollen Erwachsensein fehlten.

III.

Den Pflegeeltern gegenüber ließ ich natürlich nichts von meinen Plänen verlauten; aber ich hatte eine gleichaltrige Freundin, der ich mein ganzes Herz ausschüttete. Der Neid, die Bewunderung, welche Aglae - so hieß meine Vertraute - empfand, als sie hörte, daß ich »liebte«, war etwas Großartiges. Von dieser Stunde an blickte sie zu mir empor, wie zu einem höheren Wesen. Sie fühlte sich klein und nichtig neben mir. Die Erhabenheit meiner Empfindung, die Wunderbarkeit meines Geschickes überwältigten sie. Sie huldigte mir; sie schwor, sich meinem Dienste zu weihen und mir zu helfen und beizustehen, wo sie nur könnte. Sie selber würde auf Liebe verzichten; es war schon herrlich genug, die Vertraute einer solchen Leidenschaft zu sein und sich im Glücke des berühmten Liebespaares sonnen zu dürfen. Denn daß Franzi und Seraphine an der Seite der Hero und Leander, Paul und Virginie, Abälard und Heloise usw. in der Geschichte fortleben würden, das stand bei uns beiden fest. Ihr begreift, daß ein Wesen, von dem ich so ganz verstanden, so richtig aufgefaßt wurde, mir unaussprechlich wert und teuer, ja unentbehrlich erschien. Ich setzte es daher auch durch, daß Fräulein Aglae, mit welcher ich übrigens entfernt verwandt war, als eine Art Adoptivschwester bei mir blieb. So wurden wir unzertrennliche Genossinnen in Arbeit und Spiel.

Unser liebstes Spiel war dieses: Aglae stellte Franzi vor und ich die siebzehnjährige Seraphine. Da wurden stundenlange Komödien aufgeführt. Wir ersannen die verschiedensten Situationen, in welchen die Begegnung, die Erkennung und schließliche Vereinigung dieses interessanten Paares vor sich gehen sollte. Die Handlung spielte entweder in meinem Schlosse, wo Franzi als Büchsenspanner in Dienst genommen worden; oder in der väterlichen Schmiede; mitunter auch auf dem Schlachtfelde, wo ich als barmherzige Schwester den verwundeten Geliebten pflegte. Hier endete die Szene öfters mit Franzls Tode, und was ich da Tränen vergossen habe, das ist unglaublich ... Aglae starb aber auch zu schön. Da war ein gewisses Brechen des Auges und Aushauchen der Seele, das ihr niemand nachgemacht hätte. In den glücklichen Szenen war sie gleichfalls unnachahmlich. Wenn ich mich als die von Todesgefahr Errettete zu erkennen gab und mich und meine Million dem Franzi auf dem Präsentierteller meiner mit abgewandtem Gesichte gestandenen Liebe anbot, da wußte sie einen Schrei auszustoßen und mir zu Füßen zu sinken: – hinreißend! In diesen Augenblicken ward mir offenbar, was es heißt, den Gipfel alles denkbaren Erdenglückes erklommen zu haben. Der Charakter, den Aglae unserem Helden gab, war mit einer Konsequenz durchgeführt, um die sie jede deutsche Romanschriftstellerin und Darstellerin von Tugendausbündigkeit hätte bedeuten können. Nichts als edle Regungen schwellten diese Jünglingsbrust ... Tapferkeit, Reinheit, Ehrenhaftigkeit, Engelsgüte, Verstandesklarheit waren einige seiner Nebeneigenschaften. Die Grundeigenschaft war »Größe« überhaupt. Er fühlte gewaltig, dachte hehr und handelte erhaben. Das stach von der Schlichtheit seiner bäuerlichen Sprechweise, von seiner frischen, urwüchsigen Naturburschenhaftigkeit nur desto wirkungsvoller ab. Um dieses prachtvolle Charaktergebilde aufzubauen, hatte meine geniale Aglae nur eines Zuges bedurft, den ich ihr mitgeteilt; nämlich Franzis Verzicht auf einen Lohn für seine Rettungstat: – das war doch »groß« gewesen. Wenn man von einem vorsintflutlichen Vogel einen Flügelknochen ausgräbt, der zwei Meter lang ist, so kann man daraus die Gestalt des ganzen Vogels als eine riesige annehmen und bei demselben weder einen Sperlingsschnabel noch einen Schwalbenschwanz vermuten; desgleichen hatte dem Scharfsinn Aglaes jene bewiesene Uneigennützigkeit genügt, um über die Flügelweite von Franzis Seele in klarem zu sein und ein untrügliches Bild seiner nach jeder moralischen Richtung ausgebildeten Riesendimensionen zu gewinnen.

Ich hatte mich in die Komödie so hineingedacht, daß der durch meine Freundin vorgestellte Held für mich ein wirkliches Leben besaß; und ihrerseits war Aglae so sehr in ihre Rolle aufgegangen, daß auch in ihr – sobald wir unser Spiel gewonnen – ein anderes Leben pulsierte. Es war für beide eine förmliche Umwandlung – eine »Transsubstantiation« – ein Mysterium mit einem Wort.

Die Idee, daß ich vielleicht doch einmal einem anderen meine Hand reichen könnte, die kam uns gar nicht – das wäre ja eine Lästerung gewesen. Denn wir waren ein paar tugendhafte Jungfräulein, die von der Heiligkeit magdlicher Liebe und Reinheit gar hohe Begriffe hatten. Zweimal lieben durfte kein edles Frauenherz, und einem anderen angehören als demjenigen, der den ersten Kuß von den jungfräulichen Lippen gepflückt, das wäre ein Frevel – ein Ding der Unmöglichkeit. Besonders Aglae war in dieser Richtung streng. Der Umstand, daß mein Mund nicht mehr unberührt war, hätte mich in ihren Augen zu einem Greuel gemacht, wenn sie nicht angenommen hätte, daß die Sündhaftigkeit jenes Kusses durch die Verheiratung mit dem Mitschuldigen wieder ausgelöscht werden sollte. Schon um Aglaes Umgang mir zu erhalten, mußte ich mich als Franzis Braut betrachten. Würde ich nur eine Anspielung haben fallen lassen, daß ich als adeliges Fräulein, als reiche Erbin, vielleicht doch einst auf eine andere Partie Anspruch erheben konnte als auf diejenige mit dem Schmiedsohn, Aglae hätte mir sicher die Freundschaft gekündigt. Übrigens, wozu auch an eine andere Möglichkeit denken? Ein größeres Glück konnte nur das Schicksal doch nicht bieten, als die Vereinigung mit demjenigen, den es mir so augenfällig bestimmt hatte. Daß jener Stier eigens vom Fatum auserkoren worden, um mich über den Haufen und unter die Haube zu rennen, das unterlag ja weiter keinem Zweifel. Halberwachsene Mädchen sind überzeugte Fatalistinnen.

Unter den Variationen, welche unsere Einbildungskraft über das Thema einer bevorstehenden Verheiratung erdichtete, war folgende die am häufigsten aufgeführte: Ich nahte mich dem Geliebten in irgend einer Verkleidung als ein Mädchen seines Standes. Er lernte mich lieben und wollte mich heimführen. Doch sein Vater verweigerte die Einwilligung, weil ich keinen Kreuzer Geld besaß. Franzi war unglücklich, schwor, mir ewig treu zu bleiben und mich zu heiraten, bis er sich die Selbständigkeit erarbeitet. Da warf ich mich eines Tages in Prunkgewänder (meist purpurroter Samt mit Hermelinbesatz, wechselte auch mit himmelblauem, perlengesticktem Damast ab), setzte mich in eine von vier Rappen, oder je nach der Toilette – ihr wißt, – ich liebe Farbenharmonie, – von vier Schimmeln gezogene Staatskarosse, nahm eine Maroquinbrieftasche zu mir, in der meine Million enthalten war und fuhr an der Schmiede des harten Vaters vor. Eben war sein Sohn bei ihm, um wieder einmal zu versuchen ihn zu erweichen, und während jener Hufe hämmerte, hämmerte er aufs Vaterherz. Ich trat geräuschlos ein; die beiden kehrten mir den Rücken und sahen mich nicht.

»Vater,« sagte Aglae-Franzl zu einem großen bronzenen Lampengestell, welches meinen zukünftigen Schwiegervater vorstellte,

»hab doch ein Erbarmen! Ohne mein Mirzl kann i nit leben ... Was? Du schüttelst den Kopf (mir war's, als sah' ich die Lampenkugel mit strenger Miene verneinen) – du willst nix hören? Wegen des schnöden Mammons? (Aglae mischte nämlich ein etwas gesuchtes Hochdeutsch mit dem bäuerlichen Dialekt, welchen sie auf meine Weisung dem Franzi lieh.) Du woaßt nit, wia's mer ins Herz g'wachsen is, dös Blitzmädel, dös von den Grazien so reichbeschenkte Wesen! I' bring' mi um, Vatter – i' terstürz mi in die Wehren ... oder ich setze den Giftbecher an!«

Die Lampe blieb unerbittlich.

Da trat ich vor in meiner ganzen Pracht; Franzi stieß einen Schrei aus, während die Lampe, mich nicht erkennend, vor der großen Dame die Mütze abnahm. Jetzt folgte die Szene der Aufklärung: ich packte meine Million aus; Franzl wurde vor Freude nahezu wahnsinnig; der väterliche Widerstand war natürlich gebrochen und wir knieten, segenerflehend, vor dem Lampengestelle nieder.

IV.

Drei Jahre vergingen. Unsere Spiele wurden nach und nach weniger kindisch, aber sie dauerten fort. Die Staatskarosse und das verbrämte Purpurkleid waren weggefallen, aber der Kern des Ganzen, nämlich die Liebe zu Franzl und meine Bestimmung, dessen Frau zu werden – das blieb unverrückt. – »Vielmehr verrückt?« meint ihr. – Bitte mich nicht mit schnöden Wortspielen zu unterbrechen. – Die Zeit war gekommen, wo der Militärdienst meines – hinter seinem Rücken – Verlobten zu Ende ging; auch wo wir beide zu erwachsenen Fräulein geworden, an welche verschiedene Freier sich heranmachten. Ich erklärte übrigens mit Bestimmtheit, daß ich jetzt noch nicht gesonnen sei zu heiraten, und war mit den jungen Leuten, die es dennoch versuchten, mir den Hof zu machen, von einer Kälte, welche, glaub' ich, hart an Grobheit streifte. Ich liebte ja einen anderen, ich war diesem anderen unwiderruflich zugedacht: es wäre eine Entweihung meiner selbst gewesen – besonders in den Augen Aglaes – wenn ich geduldet hätte, daß ein Unberufener mir mit Heiratsabsichten nahe.

Sie selber, die gute Aglae, welche nebenbei ein auffallend hübsches Mädchen war, kokettierte ganz gewaltig mit den jungen Herren, die unser Haus besuchten. Sie war ja frei und makellos. Auf ihren Lippen hatte noch kein solcher Kuß gebrannt wie jener, welcher mich – immer in ihren Augen – von der Möglichkeit ausschloß, noch frei zu wählen. Sie konnte immerhin darauf ausgehen, eine standesgemäße und vorteilhafte Partie zu machen; nichts auf der Welt zwang sie, ihre Zukunft dem Erben einer Dorfschmiede zu weihen.

Und von dieser Freiheit machte sie Gebrauch, indem sie einem adligen Gutsbesitzerssohn die Hand reichte. Es war dies für das vermögenslose Mädchen in jeder Hinsicht ein Glück und ich nahm freudigen Anteil daran. Andererseits konnte ich einiges Mitleid nicht unterdrücken, denn ihr Los war neben dem meinigen doch ein kleinliches: sie war zwar in ihren Bräutigam verliebt, aber erst seit acht Tagen und oberflächlich; was war das gegen meine schon seit drei Jahren genährte, tiefe, treue Liebe? Und dann: sie war arm und ihr Bräutigam reich – alle Güter des Lebens würde sie nun durch ihren Mann erhalten, während mir die entzückende Genugtuung bevorstand, über meinen Gatten mit eigener Hand das Füllhorn des Reichtums auszuschütten!

Aglae war keine Egoistin, diese Gerechtigkeit mußte ich ihr widerfahren lassen. Jetzt, wo sie in den Glückshafen eingelaufen, war es ihre größte Sorge, daß nunmehr auch ich meinem Ziele entgegengeführt werde. Sie hatte ja geschworen, ihr Leben meinem Dienste zu weihen, und wenn sie auch dem Vorsatz untreu geworden, für sich auf Liebe zu verzichten, um nur an der meinen sich zu sonnen, so war sie doch beständig in dem Wunsch und dem Bestreben geblieben, mich mit dem seelengroßen Franzi vereinigt zu sehen. Sie war auch sehr bescheiden und einsichtsvoll. Obschon ihr der Bräutigam sehr wohl gefiel und sie allerlei Eigenschaften an ihm erkannte: hohe Bildung, Geist und Witz, Zartgefühl usw., das eine gestand sie freiwillig zu: *groß* war er nicht.

Jetzt mußten wir auseinandergehen. Als Braut konnte sie nicht mehr - noch weniger als Gattin - sich in die Rolle eines in mich verliebten Jünglings denken; mein mir durch täglichen Umgang so teuer, ja fast unentbehrlich gewordener Phantasiefranzl würde mir verloren gehen; es war also dringend nötig - das sah Aglae selber ein - mir nunmehr den wirklichen Franzi als Beute zuzuführen.

Die Umstände fügten es, daß Aglae Gelegenheit fand, mir mit der Tat beizustehen.

Franzl hatte seine Zeit ausgedient. Doch war er nicht - so erfuhren wir - in dem Dorfe geblieben, das sein und des Stieres Geburtsort war, sondern hatte in einer anderen Provinz - in Oberösterreich - als Gärtnergehilfe Stellung genommen. Daß er nicht in seines Vaters Schmiede arbeiten würde, sondern die Gärtnerei erlernt hatte, das war uns erst später bekannt geworden.

Nun fügte es der Zufall - nein, nein, nicht der Zufall, das war uns beiden klar - nun fügte es das Fatum, daß Aglae mit ihrem Mann in die Nachbarschaft jenes Schlosses übersiedelte, wo mein Franzi mit Gartenschere und Gießkanne waltete. Bei einem der Schloßfrau - Gräfin Lotz - abgestatteten Besuch erzählte ihr diese, daß sie eben ein Kammermädchen verloren - eine wahre Perle, welche ihr zugleich eine Art Gesellschafterin abgegeben, da sie gebildeter Eltern Kind war, sehr hübsch vorzulesen verstand und überhaupt ein sehr liebes, aufmerksames, anspruchsloses Ding gewesen; jetzt heirate sie den Verwalter und die arme Gräfin würde sie nimmermehr ersetzen können.

Bei dieser Mitteilung stieg meiner Freundin ein ganzer Schlachtplan auf. – Ihr habt es schon erraten: ich sollte an die Stelle dieser unersetzlichen Perle treten. Da wäre mir Gelegenheit geboten, mit Franzi zusammenzukommen und unerkannt seine Liebe zu gewinnen.

Die Idee war alles; die Ausführung dann nur noch Nebensache. Einerseits eine warme Empfehlung seitens meiner Freundin für eine Müllerstochter, die für den erledigten Dienstplatz wie geschaffen war; andererseits eine dringende Einladung für mich, einige Wochen in Aglaes neuem Heim zuzubringen – eine Einladung, gegen deren Annahme meine Vormünder nichts einzuwenden hatten; – und so kam es, daß nach einigen gewechselten Briefen, in denen alle unsere Finten und Listen festgestellt worden, ich nach Oberösterreich abreiste und in das Haus der Gräfin Lotz als »Marie Schulze, Kammermädchen« eintrat.

Kinder, ich kann euch nicht schildern, mit welchem Lampenfieber ich meine Rolle übernahm. Aber kein Fieber der Angst – vielmehr eine Art Hochgefühl – war doch das Schauspiel, das ich da aufführen wollte, zugleich die Komödie meines Schicksals! Und IHN sollte ich wiedersehen – dieses persönliche Fürwort schrieb ich in Gedanken immer mit drei großen Buchstaben – SEIN Herz sollte ich nur im Sturm gewinnen und uns beide zu unaussprechlichem Glücke führen. Welch ein Aktschluß! Ich dachte mir ein Publikum von geheimnisvollen Wesen – Vorsehung, Parzen, Schutzengel, was weiß ich? – die dazu lebhaft befriedigten Beifall klatschen sollten. Unwillkürlich würde ich in dem Augenblick, wo ich dem Franzi die Hand zum ewigen Bunde reichte, mit einer graziösen Verbeugung zu den Wolken hinaufgrüßen müssen.

Aglae hatte den Gegenstand unserer Ränke gesehen, und sie versicherte mich, daß sie ihn wunderschön gefunden. Ich sei ein beneidenswertes Geschöpf. Besäße sie ihren Edgar nicht, so wollte sie keinen anderen als Franzi haben; da aber dieser mein unbestrittener Besitz war, so hätte sie gar nie gewagt, zu ihm aufzuschauen.

Als sie seiner gewahr wurde, war es übrigens ein Aufschauen im buchstäblichen Sinne des Wortes – denn er saß auf einem zwei

Stock hohen Schrägen und stutzte Spalier. Das war auch keine vorteilhafte Situation, um ein Gespräch anzuknüpfen, und da Aglae in Begleitung der Gräfin sich befand, konnte sie unmöglich, ohne etwas Auffälliges zu tun, den Gärtnergehilfen da oben in die Unterhaltung ziehen. Überdies gestand sie mir, daß eine eigene Scheu sie gehindert hatte, mit Franzl zu reden, da sie noch immer die Idee nicht ganz los werden konnte, daß sie selber ein Stück Franzl sei, und es wäre ihr einigermaßen unheimlich gewesen, mit dieser abgetrennten Ich-Parzelle in dualistischen Verkehr zu treten.

Ihr habt schon öfter Liebhabertheater gespielt, Kinder, und wißt, was es für eine große Unterhaltung gewährt, sich in Kostüm zu werfen und auf ein paar Stunden eine andere Person vorstellen als die, welche man von Geburt auf gewohnt ist, mit sich herumzutragen. So könnt ihr euch wohl in die angenehme Erregung hineindenken, mit der ich mein Soubrettengewand anlegte. Es stand mir auch wahrlich nicht übel: glattes Leinwandkleidchen, kokettes Häubchen, Schürze, kurze Ärmel, zierliche Schuhe; dazu mein siebzehnjähriges, von goldblondem Haar umrahmtes Lärvchen: ich hatte meine Freude daran. Und wie luftig das war: wissen, daß man ein Edelfräulein ist mit einer Million Mitgift, und von einem ganzen Haushalt für ein Stubenmädchen gehalten zu werden – das war ja amüsant wie eine Faschingsmaskerade. Nebenbei noch das bevorstehende Wiedersehen mit dem seit drei Jahren geliebten Jüngling: – das war durchzuhandelnder Roman, durchzulebendes Gedicht!

Die Gräfin hatte mich auf Aglaes Empfehlung aufgenommen, noch ehe sie mich gesehen; also mußte ich nicht erst eine bange Vorstellung durchmachen, sondern trat sofort in Funktion.

Meine neue Herrin war zufällig nicht zu Hause, als ich ankam; die Haushälterin übernahm es, mich in mein Zimmer zu führen und mir meine neuen Pflichten anzuweisen. Ich mußte die Gräfin ankleiden, ihr abends, wenn sie im Bette lag, eine Stunde vorlesen und einem zweiten Stubenmädchen in der Näharbeit helfen. Zum Glück war ich mit der Nadel immer sehr geschickt, also bangte mir vor diesem Teile meiner Obliegenheiten nicht. Es wäre mir nämlich nicht angenehm gewesen, wegen Ungeschicklichkeit etwa schon in den ersten Tagen entlassen zu werden, denn ich wollte längere Zeit vor mir haben, um unauffällig Franzis Liebe zu gewinnen. Auch nachdem ich sie gewonnen, sollte er ja noch eine Zeitlang schmachten und den Kampf mit dem Vater auskämpfen – denn die Schlußszene in der Schmiede, mit der wollte ich doch gar so gerne meine Komödie krönen ... – Das Zimmerchen, welches mir bestimmt war, war klein und mit der äußersten Einfachheit eingerichtet. Ich, die ich seit frühester Kindheit an allen erdenklichen Luxus gewöhnt worden, konnte gar nicht begreifen, wie sich's in einem solchen Zimmer wohnen konnte: keine Federmatratze, kein anstoßendes Badekabinett, kein Ankleidespiegel, kein Bücherregal, keine weichen Sitzmöbel, keine Blumentische – kurz, nichts von dem allernötigsten Zubehör des täglichen Lebens. Ich nahm dies alles aber von der heiteren und mutigen Seite auf – und machte mich gefaßt, hier so auszuharren, wie ein auf eine wilde Insel verschlagener Gestrandeter. In den Reisebeschreibungen hatte ich oft von Leuten gelesen, die noch ärgere Entbehrungen standhaft ertragen – und diesen winkte ja nicht, wie mir, so entzückender Liebeslohn.

Als die Gräfin nach Hause kam, ließ sie mich sofort rufen. – Eine ziemlich streng und hochmütig aussehende alte Dame. Sie musterte mich eine Weile schweigend. Endlich eine tiefe Altstimme:

»Wie heißt du, Kind?«

»Mirzl, gräfliche Gnaden.«

»Hätt' ich dich nicht schon aufgenommen – auf deine Erscheinung hin tät' ich's sicher nicht ... Bist viel zu hübsch ... Das ist ja ein Rokokobild – eine Watteau-Schäferin und kein heutiges Stubenmädel. Daß mir nur keine Liebschaften angezettelt werden! Verstanden? ... Da wird die Frau Nani, die Haushälterin, Auftrag bekommen, streng zu wachen ... Wie ich etwas erfahre von einer Courmacherei, ob's jetzt ein Stallbursche sei, oder der junge Graf, so – auf eins, zwei, drei – marsch aus dem Haus! ... Deine Vorgängerin war sehr brav – da hat sie auch einen braven Mann gefunden und ein ordentliches Brautgeschenk von mir bekommen ... Doch sie war zehn Jahre bei mir ... So lange mußt du auch bleiben – wenn ich mit dir zufrieden bin, heißt das. Du redest aber gar nichts – bist du stumm?«

»Frau Gräfin haben keine Frage an mich zu stellen geruht, also hatte ich keine Veranlassung, zu sprechen; ich brauche doch nicht erst zu versichern, daß ich keinem Rokokowandgemälde entsprungen bin und daß ich durchaus nicht beabsichtige, meine Anziehungskünste an dem Stallburschen und an dem erlauchten Sohn des Hauses zu üben.«

Die Gräfin schaute mich erstaunt an, dann äußerte sie ihre Meinung in dem einen Worte: »Schnabel.«

Ich knixte. »Was befehlen sonst?«

»Vorläufig nichts. Wenn ich dich brauche, werde ich klingeln.«

Ich habe mir den Wortlaut dieser ersten Unterredung so gut gemerkt, weil ich ihn sofort in ein Tagebuch eintrug, das ich mir für die Zeit meines Aufenthaltes in Schloß L. angelegt hatte. Ich wollte nämlich alle Ereignisse und Stimmungen dieses denkwürdigen Lebensabschnittes festhalten und namentlich die Gespräche der Vergessenheit entreißen, welche zwischen Franzl und mir geführt werden sollten.

Dieses Tagebuch habe ich aufbewahrt ... Es liegt in meinem Bücherschrank, im untern Fache, rechts, in blauem Einband – sei so gut, Malwine, und hol es mir. Das Erzählen wird mir leichter werden, wenn ich, während ich fortfahre, bisweilen darin nachschlage und auch einige Stellen daraus ablese.«

V.

»... Ist es dieses, Tante?«

»Ja, danke schön. Ach, wie vergilbt diese Blätter aussehen ... Hier habt ihr gleich ein gelungenes Prosastück, welches ich am Morgen nach meiner Ankunft niederschrieb:

»Jetzt ist der große Augenblick gekommen. Ich soll in den Garten hinab, um für die Vasen im Zimmer der Gräfin Blumen zu holen. Wie doch alles sich doch so fügt! Mühsam sann ich hin und her nach einem Vorwand, mich *ihm* zu nahen – und siehe da: ich erhalte Befehl, sofort ins Treibhaus zu gehen. Schicksal, Schicksal, du waltest doch gar zu deutlich! Ihr unsichtbaren Mächte, die ihr so augenscheinlich jene Fäden spinnt, die, von einem wütenden Stier ausgegangen, zwei junge Herzen zu treuem Liebesbunde verknüpfen sollen ...« – Hübscher Stil: von einem tollen Hornvieh ausgehende Fäden! – »wachet jetzt auch gütig darüber, daß die Flamme, welche seit drei Jahren in meiner Seele lodert, als Gegenliebe weckender Funken in Franzls Seele springe.« – Das waren gar geschickte Mächte, denen ich da in einem Atem die Handhabung verknüpfter Fäden und springender Funken anvertraute, – wie leicht hätte doch der vom Stier ausgehende Faden in der Feuerwerkerei verbrennen können!

Beflügelten Schrittes und klopfenden Herzens eilte ich in den Garten, ein leeres Körbchen am Arm. Wie ich so an den Korridorspiegeln vorbeikam, sah ich, daß ich wirklich nicht unähnlich einem Rokokobild war und mir bangte nicht um den Eindruck, den meine Erscheinung auf den Gärtnerjüngling hervorbringen würde. Sollte er mich etwa erkennen? ... Unmöglich. Damals war ich ein Kind und jetzt ein aufgeblühtes Weib; – die andere Lebensstellung dazu: nein, nein, er würde nichts ahnen, und wenn er mir sein Herz schenkt, so wird's der armen Mirzl Schulze geschenkt sein. Doch wie, wenn er eingedenk jenes Kusses auch mir dieselben Gefühle geweiht, wie ich ihm – was dann? O, dann müßte er mich sofort erkennen – oder ich sofort mich zu erkennen geben.

Als ich in die Gewächshäuser trat, wollte es mein Schicksal – das stets so deutlich waltende – daß Franzl Hubinger, und er allein, hier anwesend war. Ich erkannte ihn augenblicklich. Das Herz stand mir still. Der Atem ging mir aus. Ich mußte mich an den Türpfosten lehnen, um nicht umzufallen.

Franzi, beschäftigt die Blätter, der Topfpflanzen zu reinigen, sah mich nicht. Er begleitete seine Arbeit mit einem gepfiffenen Liedlein. Es war - welche Fügung, welcher Wink! offenbar wieder von den mehrgenannten Schicksalsmächten in Szene gesetzt - es war das »Mailüfterl«:

> »Der Mensch liebt nur einmal
> Und nachher is gar.«

Ja - nur einmal! Ja, Franzl, du warst meine erste Liebe und sollst meine letzte sein! so tönte es in meinem Innern dem vorgetragenen Liedl nach.

Aber sonderbar ... in seiner Gestalt und Haltung war etwas, das mir nicht recht gefiel. Ich weiß nicht genau, war's eine runde Schulterlinie oder sonst was ... kurz, es störte. »Fortan unbeachtet lassen!« befahl ich mir rasch entschlossen, »diesen Eindruck verjagen!« - das paßte ja nicht zu meinen Liebesgefühlen - gehörte nicht zum Stück. Zum Theaterstück nämlich; denn die Idee könnt' ich nicht los werden, daß da ein von besagten Schicksalsmächten komponiertes und lorgnettiertes Schauspiel sich abwickelte. Hier hatten wir: II. Aufzug (im ersten war der Stier aufgetreten) I. Szene. Ein Glashaus. *Franzl,* blätterputzend; *Seraphine,* an die Tür gelehnt. - Der Dialog mußte jetzt folgen, also nahm ich mir ein Herz und trat vor.

»Herr Hubinger...«

Er schaute nicht auf - diese Blattläuse schienen doch sehr fesselnd zu sein, oder war mein schüchterner Stimmlaut nicht bis an sein Ohr gedrungen ... Etwas lauter, aber recht heiser:

»Herr Hubinger ...«

Jetzt hob er den Kopf. O, der hübsche, schwarze Schnurrbart! Der war neu. »Was schaffen's?«

»Ich ... ich brauche Blumen für die Gr ... für die gnädige Frau Gräfin.

»Ah, da müssen's zum Herrn Obergärtner gehen – i derf nix abschneiden.«

»Ich ... ja, gut ... Aber, was tun Sie da – ist das eine – lustige Arbeit?«

»No so. Seien Sie das neue Stubenmadl? Donnerwetter, Sie san aber schön! ... Deswegen brauchen's nit so zu erschrecken ... Mit wem haben's denn nur so große Ähnlichkeit? I muß so a G'sicht schon a mal wo g'sehen haben.«

»Das ich nicht wüßte ...«

»Ach nein – do nit. Sie war zwar auch nit übel, die Fräul'n Seraphin', aber so wunderschön war's nit. – Soll ich Ihnen zum Obergärtner führen?«

»Bitte, erzählen Sie mir erst: wer war denn diese – Seraphine?«

»Die is in meiner Nachbarschaft z' Haus. A reiche, vornehme Fräul'n – i hab's nur einmal g'sehen ...«

»Bei welcher Gelegenheit?«

»Nur a so, – zufälli –«

Also von der Rettung erzählte er nichts – seiner Heldentat rühmte er sich nicht: immer noch »*groß*«.

»Sie tun unrecht, Herr Hubinger, immer noch an diese junge Dame zu denken – die ist vielleicht sehr hochmütig –«

»I denk' ja eh' nit an sie ... nur die Ähnlichkeit hat mi dran g'mahnt.«

Vortrefflich: mich, Seraphine, liebte er demnach nicht; er konnte also in mich, Mirzl, sich verlieben. Wenn nur die runde Rückenlinie nicht wäre ... und in seiner Stimme, in seiner Physiognomie war auch etwas, das mich weniger sympathisch berührte als das Wesen Aglaes, wenn sie Franzl spielte. Dennoch, ER war's, er selber, der so lang' und heiß Geliebte. Ein warmer Gefühlsstrom schwellte mir das Herz und ich blickte zärtlich zu ihm auf.

»Franzl Hubinger,« fagte ich, »wer weiß, ob jenes Mädchen nicht an Sie denkt?«

»I, Gott bewahr'! Aber wie gut Sie mein' Namen wissen ... Wie heißen denn Sie?«

»Mirzl Schulze.«

»Sie haben aber a paar Augen, Mirzl!«

Ich senkte den Blick. Ja, ja – in meinen Augen mußte es verräterisch geblitzt haben. Verlegen und mit Glut übergossen stand ich da und zitterte, was da kommen würde. – Wenn er jetzt gleich eine Liebeserklärung machte, das wäre doch zu schnell gegangen – so vom Fleck weg, so mitten im Blattlausputzen konnte doch unsere Verlobung nicht vonstatten gehen!

Der Eintritt des Obergärtners machte meiner bangen Lage ein Ende. Er gab mir meine Blumen und ich mußte fort. Ohne mehr zu Franzl aufzuschauen, eilte ich davon. Er nahm sein unterbrochenes Pfeifen wieder auf und noch von weitem hörte ich mir's nachklingen:

»Der Mensch liebt nur einmal
Und nachher is gar.«

VI.

»Wohin, wohin so eilig, schönes Kind?« Es war auf der Stiege, wo ich durch diese Ansprache aus meinen Gedanken gerissen wurde. Ein großer, schlanker, sehr vornehm aussehender junger Mann stand vor mir. Ich erriet, daß dies der Sohn der Gräfin sei, mit dem zu kokettieren – sie mir so streng untersagt hatte.

»In das Zimmer Ihrer Frau Mama, Herr Graf, um es mit diesen Blumen zu schmücken,« beantwortete ich die Frage und wollte weitergehen.

Er aber stellte sich mir in den Weg:

»Selbst Blume!« rief er aus.

»Das Kompliment ist nicht besonders originell.«

»Aber *Sie* sind originell, Kleine.«

»Ich heiße Mirzl und bin nicht ausfallend klein.«

»Doch auffallend hübsch ... Sie sind wohl die neue Zofe? ... Wie kann Mama nur so unvorsichtig sein? Sie werden ja alle Köpfe verdrehen im Haus – bei meinem angefangen.«

Ich nahm, indem ich den Kopf zurückwarf, eine finstere Miene an:

»Ich werde niemandem erlauben – bei Ihnen angefangen – mir achtungslos zu begegnen. Bitte, wollen Sie mich vorbeilassen, Herr Graf.«

Mit stummer Verneigung trat der junge Mann zur Seite und ich eilte die Treppe hinan.

So hatte ich ihm doch imponiert. Der Zwischenfall war mir nicht unangenehm; auch wurde er sofort mit allen Einzelnheiten in das Tagebuch eingetragen. Wenn nun gar auch dieser junge Herr mir den Hof machen wollte – und er war nicht übel, meiner Treu – dann würde die ganze Komödie und Maskerade noch viel verwickelter und amüsanter werden ... Und was für ein herrlicher, dem Franzl zu gebender Liebesbeweis, wenn ich den glänzenden Ritter seinethalben verschmähte! Freilich – mit ehrbaren Absichten würde wohl jener der Zofe nicht nahen ... desto strenger und kälter und stolzer müßt' ich ihn behandeln.

Ihr staunt wohl, daß ich bei meiner Jugend über derlei Dinge schon so weltklug dachte; doch ihr müßt euch erinnern, daß ich diese meine - mit großer Naivität gemischte - Weltklugheit in den zahlreichen Romanen und Theaterstücken gesammelt hatte, die ich von meinem zwölften Jahre an im Verein mit Aglae zu verschlingen pflegte.

Hier stehen - neben dem Berichte - auch meine Betrachtungen über die beiden angeführten Begegnungen eingetragen; hört:

»Ich hab' IHN also gesehen! ... Ist ER's - der ganze ER? Sonderbar: in Aglaes Nähe liebt' ich ihn besser, als ich heute in seiner eigenen Nähe ihn zu lieben verstand. Die Erregung, die Feierlichkeit des Augenblicks war wohl zu überwältigend ... Jetzt, wo ich wieder ruhiger bin, fühle ich die alte, ungeschwächte Liebe in mein Herz zurückkehren. Was sag' ich ›ungeschwächt‹ - gestärkt, vertieft. Ja, das Pfeifenrauchen werden wir ihm abgewöhnen: - es schien mir nämlich, als ob seinen Gewändern ein Knasterduft entströmte, während der junge Graf wohl eben aus einem mit Kölner Wasser bereiteten Bade gestiegen war. Merkwürdiger Mensch, dieser junge Graf - wie keck er anfangs war und doch, mit welcher Ritterlichkeit er mir dann grüßend Platz machte ... Ich hab' ihm Respekt eingeflößt. Nächstens wird er mir aber wieder nachsetzen - das kann sich interessant gestalten. Wenn ich keinen andern liebte, könnte dieser mir gefährlich werden - - doch wenn ich den andern nicht liebte, wäre ich dann überhaupt hier und dieser Gefahr ausgesetzt? ... Den gekrümmten Rücken werden wir ihm auch abgewöhnen - dem Franzl meine ich; der andere hat ja eine Haltung wie ein englischer Herzog. Ich habe zwar noch keinen englischen Herzog gesehen; aber so stelle ich mir die Gattung vor: vornehm, gentlemanlike, ein wenig arrogant und doch zartsinnig ... Gut, daß ich für die Vorzüge aller anderen unzugänglich bin ... Franzl, ich bin dein ... Du hast mir das Leben gerettet, es ist nur billig, daß dieses Leben dir geweiht sei: Der Mensch liebt nur einmal und nachher is gar!«

Die nächstfolgende Eintragung stenographiert mein zweites Gespräch mit Franzl, welches noch am selben Nachmittag stattfand. Die Gräfin war ausgefahren; ich war frei, spazieren zu gehen; also benützte ich das, um meine Schritte nach dem Garten zu lenken. Vielleicht würde ich den Teuern doch von weitem sehen. - Richtig, da war er und schwang die Gießkanne über die blühenden Beete. Ich dankte seinem »Guten Abend! Fräulein Mirzl« mit einer Kopfneigung und einem Seitenblick, der als ein Geschoß auf sein Herz gemeint war, und eilte an ihm vorüber.

Ich hatte mir ein Buch mitgenommen und mit diesem setzte ich mich in eine Laube, die am Ende des Küchengartens lag. Rechtzeitig war es mir eingefallen, daß ich nicht zur »Herrschaft«, sondern zur Dienerschaft gehörte – da gebührte mir kein Platz in den Zieranlagen. Hier zwischen Obstbäumen und Mistbeeten, Petersilie und Spargel konnte ich mich niederlassen, ohne unbescheiden zu erscheinen. Hier konnte auch Franzl, wenn er wollte, mich aufsuchen.

Und das tat er auch. Ich hatte kaum zehn Minuten gelesen – ohne zu wissen, was ich las – als der Gegenstand meiner sehnenden Gedanken vor mir stand, ein kleines Sträußchen in der Hand.

»Da haben's a paar Bleameln, Fräul'n. Aber nit für die Frau Gräfin – für Ihnen.«

»Danke schön, Herr Hubinger.«

»Heißen's mi ›Franzl‹, bitt' schön.«

Ich erbebte. »Recht gern, Franzl,« – ach, wie süß mir der Name durch die Lippen glitt – »dann müssen Sie mich aber auch Mirzl nennen.«

»Dös lass' i mir nit zweimal sag'n. Da seh' i mi aber auch a bissel her zu Ihnen, Mirzl.«

»Ja, ja – aber nicht so nahe, bitte.«

»Is so weit g'nug?«

»Sie ... Sie rauchen wohl keine sehr guten Zigarren?«

»I? – Pfeifen rauch' i. Na – was Sie aber für Augen haben!«

»Lassen wir meine Augen – sprechen wir von Ihnen, Franzl. Erzählen Sie mir von Ihrer Militärzeit und sagen Sie, was Ihre Zukunftspläne sind.«

»Meine – was?«

»Wie Sie sich Ihre Zukunft denken.«

»Lieber Gott, i' hoff', daß i amal a Gärtner und zuletzt an Obergärtner werd'.«

»Wollten Sie nicht lieber Gutsbesitzer sein?«

»Lachen's mi aus? – I denk' nit über meine Lag' hinaus – i bin so a zufrieden.«

»Sie sind groß, Franzl.«

»Fünf Schuh zehn Zoll –«

»Eine große Seele wollt' ich sagen. Warum sehen Sie mich so erstaunt an? ... Aber was ich vorhin fragen wollte: es kann ja sein, daß Sie einmal in eine andere Lebenslage kommen – durch einen Treffer in der Lotterie zum Beispiel ...«

»I setz' gar niemals in d' Lotterie.«

»Kurz, daß Sie auf eine oder die andere Weise ein vornehmer Herr werden –«

»Dös gibt's net für mi. Könnten's denn nur an vornehmen Herrn gern haben, Mirzl? Wann aner a braver Bursch war und weiter nix, da wollten's nix von ihm wissen?«

»O, Franzl ...«

»No ja, Sie schaun ja aus wie a Komtess', obwohl's nur a Stubenmadl sein, und da bin i Ihnen gewiß zu schlecht? Aber glauben's mer, wann i a Schatzl recht lieb hätt', i tät's a glückli machen – besser wie die großen Herren, die immer glei drei, vier Schatzeln auf einmal hab'n müssen ... Mirzl, san's gut – sagen's mir a freundlich's Wort ... U, jeh – da kommt wer! Ich wer mi schnell davondrucken, sonst merken die Leut' gleich was und plauschen – morgen sehn wir uns wieder, nit wahr?« Es war die Haushälterin Nani, die daherkam.

Obwohl Franzl sich eiligst in die Büsche geschlagen, mußte sie ihn doch gesehen haben, denn sie fuhr mich streng an:

»Was treiben's denn hier, Mirzl? Wenn ich noch einmal so was merke, sag' ich's der Frau Gräfin.«

Errötend und gesenkten Hauptes folgte ich ihr ins Schloß.

VII.

Diese Nacht konnte ich nicht schlafen. Die Sachen standen gar zu aufregend. Ich war ja eigentlich schon am Ziel – ich war schon geliebt. Er hatte mir angetragen, mich als sein »Schatzl« glücklich zu machen. Das war doch zu schnell gegangen. Ich war auf eine zum mindesten ein paar Wochen dauernde Belagerung seines Herzens gefaßt gewesen, und jetzt war er am ersten Tage erobert. Ein furchtbares Bangen ergriff mich. Denn bei dem großen Gewinn, den ich da zu verzeichnen hatte, war ich mir auch eines großen Verlustes bewußt. Es war mir etwas abhanden gekommen – etwas, was die ganze Zeit in meinem Innern gelebt, es war plötzlich tot: nämlich meine Liebe selber ... Die Sehnsucht, wieder einmal an seiner Brust zu ruhen, wie damals, nach der Stierszene, die war verschwunden – war eher in Angst und Furcht umgeschlagen daß der pfeifengewohnte Mund sich frech und entweihend auf meine Lippen drücken könnte ... Wäre Aglae nicht – wahrlich, ich ergriffe am nächsten Morgen schon die Flucht. Was würde diese aber zu solcher Charakterlosigkeit, solcher Feigheit sagen? ... Ihr dürfte ich mit jener Vorstellung nicht kommen, daß Franzls Kuß eine Entweihung wäre, denn da würde sie mit gerechter Verachtung mich daran erinnern, daß meine Lippen längst nichts Geheiligtes mehr waren, daß im Gegenteil nur ein Verlobungskuß Franzls imstande sei, ihnen die verlorene Reinheit zurückzugeben. Daß sie seit ihrer Heirat in jener vor drei Jahren getauschten Liebkosung vielleicht etwas weniger Gräßliches und Entscheidendes sah: das wußte ich nicht.

Ich kam nur wieder zur Ruhe, als ich den Entschluß gefaßt hatte, nunmehr ein Paar Tage vergehen zu lassen, ohne Franzl wiederzusehen: ich würde es vermeiden, in den Garten zu gehen, und ins Schloß würde er doch nicht heraufkommen. Während der Zeit würde die Neigung, die ich offenbar schon heute erweckt – durch Sehnsucht gesteigert – in seinem Herzen wachsen, und auch ich könnte wieder – indem ich alle meine vergangenen Gefühle und Vorsätze rekapitulierte – das störende Bangen verscheuchen, das mich heute so unerwartet ergriffen hatte ...

Ihr seht, wie ich euch da meine innigsten Seelenvorgänge zergliedere. Das vermag ich nur mit Hilfe der nachgelesenen Tagebucheinzeichnungen zu tun; was könnte ich sonst von all den verwickelten und schwankenden Empfindungen, die sich in meinem romantisch kindischen Gemüte abspielten, nach so langen Jahren noch wissen? Freilich sind im Kopfe alter Leute die Jugenderinnerungen deutlicher eingeprägt als so manche Ereignisse nächstliegender Zeit; aber nur die Bilder sind es, die da geblieben - von den Gefühlen, von den großen Schmerzen und großen Seligkeiten, die im jugendlichen Herzen getobt haben, ist alles verweht und zerstoben - dafür hat das Alter nicht das geringste Verständnis. Wüßte ich nicht, daß es meine eigenen Schriftzüge sind, die ich da vor Augen habe, ich hielte diese Blätter für die ersten Versuche eines talentlosen Belletristen.

Am folgenden Tage war die Gräfin unwohl und blieb zu Bett. Ich mußte den ganzen Tag bei ihr zubringen und hätte somit, auch ohne meinen Vorsatz, keine Möglichkeit gehabt, mich in den Garten zu begeben. Hier stehen wieder einige Dialoge verzeichnet, die in dem Krankenzimmer geführt worden sind.

»Du bist eine angenehme Pflegerin, Mirzl - und liest sehr hübsch vor - ich glaub' schon, daß ich mit dir zufrieden sein könnte. Nur merk *dir*, was ich wegen der Liebschaften gesagt habe ... Du wirst ganz rot? - Setz dich her ans Bettende und erzähl: Hast du nicht einen Schatz zu Hause?«

»Ich will Frau Gräfin nicht täuschen: in der Tat, ich liebe.«

»In der Tat - sie liebt! Was das für eine Sprache ist. - Und wen liebst du, wenn man fragen darf?«

»Einen braven Jungen, den Sohn eines Schmiedes ...«

»Hm - wird das zu deiner Bildung passen? denn du scheinst mir weit über deinen Stand hinaus erzogen.«

»Die Bildung ist eine Zufallssache und kann nachgeholt werden ... Hauptsache ist doch der große Charakter und die schöne Seele ... und dies besitzt derjenige, den ich -«

»Den du liebst? Desto besser. Aber ich wollte es doch erst bewiesen haben, eh' ich's glaube.«

»Ich habe Beweise.«

»So? Und bist du mit dem hochbedeutenden Schmiedlein schon verlobt?«

»Ja ... das heißt, ich bin's –«

»Und er noch nicht? So wirst nur du ihn heiraten - ohne sein Mitwissen?«

»Ach bitte, Frau Gräfin, fragen Sie mich nicht aus - es ist mir peinlich.«

»O, ich bin nicht neugierig. Kann mich nur ärgern, daß alle Mädel - alle - immer Heiratsgedanken im Kopf herumtragen. Da bist du - ein halbes Kind noch: statt froh zu sein, eine Stelle gefunden zu haben, wo du jahrelang angenehm leben könntest; vielleicht auch, wenn du brav ausharrst, zu einer Erbschaft gelangen, die dich für dein Leben sorgenfrei machte; - statt dessen hegst du auch keinen sehnlicheren Wunsch, als dir einen armen Handwerker anzuketten, der dich vielleicht prügeln wird, oder ein Säufer ist, jedenfalls dir ein halb Dutzend Kinder verschafft, die du kümmerlich ernähren mußt ... o, ihr dummes, dummes Mädelvolk!«

»Bitte tausendmal um Verzeihung für die Kühnheit meiner Bemerkung - aber Frau Gräfin sind ja auch nicht ledig geblieben.«

»Schnabel! - Bereite mir ein Glas Zuckerwasser.«

VIII.

Im Laufe des Nachmittags. Ein leises Klopfen an der Tür des Nebenzimmers. Ich trat hinaus, um zu sehen, wer da sei. Es war Graf Paul.

»Wie geht es meiner Mutter?«

»Sie schläft, gnädiger Herr.«

»Dann will ich jetzt nicht hinein. Ich habe nach dem Arzt geschickt – er muß wohl bald kommen, ich werde ihn hier erwarten. Bleiben Sie doch einen Augenblick da, Mirzl – Fräulein Mirzl ...«

»Ich bin kein Fräulein.«

»Gleichviel – Sie gehören zu jenen, die man entweder mit Du oder mit Majestät ansprechen sollte – entweder stürmisch ans Herz drücken oder bis zu Boden grüßen ... Das ist die Macht der Schönheit: sie stößt uns Leidenschaft oder Ehrfurcht ein.«

»Mirzl!« ruft es aus dem Schlafzimmer.

»Hier bin ich, Frau Gräfin.«

Paul tritt hinter mir ein. »Ich komme nachsehen, Mutter –«

»Das ist schön von dir... Setz dich her an mein Bett – und du, Mirzl, du brauchst nicht fortzugehen. Laß dich nur dort am Arbeitstischchen nieder und säume meine Taschentücher ein! Du störst uns nicht.«

Und die Gräfin begann mit ihrem Sohne Englisch zu sprechen. Ein Ehrlichkeitsgefühl drängte mich zu sagen, daß ich dieser Sprache kundig sei, aber ich hielt inne – eine Handwerkerstochter, welche Englisch spricht: das hieße doch sich verraten. Zudem war mir auch gar zu interessant, was da Graf Paul eben zu reden anhub:

» *What a remarkably nice girl you've got there!*«

»Ja, sie ist nicht übel,« antwortete die Mutter. »Mit einem Dorfschmied oder so etwas verlobt.«

»Wie schade!«

»Warum schade – sie wird doch ihre Hand nicht für den Kronprinzen aufheben wollen? Aber da wir gerade vom Heiraten sprechen, Paul, hör mich an –«

»Schon wieder, Mutter? Du benutzest dein Unwohlsein, um mich meuchlings mit den alten Ermahnungen zu überfallen,«

»Freilich benütz' ich diese Gelegenheit, denn sie ist eine gute und feierliche. Wenn man krank ist, denkt man an den Tod – und du weißt, ich könnte nur ruhig sterben, wenn ich dich gut und glücklich verheiratet sähe.«

»Sprich doch nicht so düstre Sachen, anläßlich einer so unbedeutenden Unpäßlichkeit – morgen bist du hoffentlich wieder gesund ... Und was nennst du gut heiraten?«

»Das will ich dir sagen. Ein Mädchen, das jung und schön, aus guter Familie und reich ist.«

»Du verlangst viel – vergissest aber die zwei Haupteigenschaften, die zwei einzigen Eigenschaften eigentlich, die ich fordere, nämlich: liebend und geliebt.«

»Die finden sich, wenn alles übrige stimmt. Ich habe jetzt eine herrliche Partie für dich im Sinn.«

»Die wäre?«

»Du weißt doch, die junge Aglae Dürrhof? – Nun, die ist mit einer Cousine aufgezogen worden, von der sie mir nicht genug Schönes zu erzählen wußte. Fräulein Seraphine – so heißt dieses Wunderwesen – ist eine siebzehnjährige Waise, sehr hübsch, und besitzt ein selbständiges Vermögen von einer Million. Es ist dir nicht unbekannt, daß unser Gut sehr belastet ist –«

»Ich weiß, daß meine eigene Arbeit genügen wird, es zu entlasten. Nicht umsonst studiere ich Landwirtschaft, und wenn ich einmal unsere Steinbrüche in Betrieb gesetzt habe –«

»Du bist doch nicht geschaffen, das ganze Jahr hier zu verbringen?«

»Warum nicht? Übrigens so viel bliebe mir immer noch, um manchmal einige Zeit in der Stadt zu verleben oder zu reisen –«

»Das alles wäre mit einer steinreichen Frau viel leichter –«

»Und wenn's eine angenehme Frau wäre, auch viel angenehmer, das gebe ich zu. Aber ich muß abwarten, daß mir eine so gefalle, so gewaltig in die Seele greife, daß ich mir sage: ›Die oder keine!‹ – Dann wird's aber auch die – auch wenn sie ein armes Bürgermädchen wäre.«

»Gegen meinen Willen, Paul?«

»Reden wir nicht davon, Mutter – wozu uns beide aufregen?«

»Sobald ich gesund werde, reise ich nach Niederösterreich und nehme mir einen Empfehlungsbrief Aglaes an die Pflegeeltern des Fräulein Seraphine mit. Du wirst mich doch begleiten?«

»Mit Vergnügen –«

»Und wenn du dich verliebst ...«

»Aber auch nur dann. Doch gerade in diesem Augenblick wird mir's schwer fallen, mich zu verlieben ... Denn ich habe in jüngster Zeit ein Frauenbild gesehen, welches meinen Sinn so eingenommen hat, daß ich wohl für lange keine andere schön und begehrenswert finden kann ...«

»Und wer ist dieses Phänomen, wenn man fragen darf?«

»Das sag' ich nicht. Doch du hast nichts zu fürchten: die Betreffende ist nicht frei.«

Was war's, was mich bei diesen Worten in meinem Innern bewegte? War's eine frohe Ahnung, daß jenes Frauenbild dasselbe sei, zu dem er vor einer Viertelstunde gesagt, daß er es in die Arme schließen oder bis zu Boden grüßen wollte? ... Oder war's eine eifersüchtige Regung, daß es eine andere sein konnte – irgend eine reizende und kokette Frau aus der Gesellschaft? ... Doch, was hatte ich denn überhaupt für Freud' und Leid zu fühlen anläßlich der Liebesangelegenheiten des Grafen Paul – ich, die Schicksalsverlobte des Franzl? ... Aber ein lieber, achtungswerter Mensch, dieser junge Graf! ... wie er eine reiche Heirat ohne gegenseitige Liebe verschmähte, wie stolz und tapfer er sich durch eigene Arbeit sein angegriffenes Vermögen wiederherstellen wollte ... Doch dieser geplante Besuch bei meinem Vormund – das könnte eine schöne Geschichte werden! Da mußte ich vorher mein Schicksal mit Franzl schon zum Abschluß gebracht haben ...

Zum Abschluß - aber wie? Jetzt, wo sie zur Wirklichkeit geworden, kam mir die Sache nicht mehr so leicht vor, wie die Jahre über, wo sie in meiner Phantasie sich abgespielt. Die Energie, welche erforderlich war, um aller Welt zum Trotz zu erklären, daß ich des Schmiedfranzls und keines anderen Frau werden wolle, diese Energie begann in mir zu erlahmen ... Aber hatte ich denn überhaupt noch eine andere Wahl? Mußte ich nicht - wenn ich auch auf Franzl zu verzichten hätte - mußte ich dem Grafen Paul und jedem anderen Ehrenmanne nicht sagen: Nein, ich bin nicht würdig von dir zum Weibe genommen zu werden, denn ich habe schon geliebt und schon einen Kuß getauscht? - Und jetzt, nach diesem Abenteuer, nach dieser Verkleidung, wer würde mich denn überhaupt noch für unbescholten nehmen - Paul am allerwenigsten. Nein, nein, es war das beste, gleich die Schiffe hinter mir verbrennen, gleich dem Franzi mich versprechen.

IX.

In mein Zimmer zurückgekommen, schrieb ich folgende Zeilen nieder. Hier steht noch der Aufsatz dazu:

»Franz Hubinger! Sie haben mir gestern gesagt, daß Sie einen Schatz glücklich machen wollen. Ich bin entschlossen, glücklich zu werden. Wegen der Krankheit der Gräfin kann ich heute nicht in den Garten - also schreiben Sie mir!«

Auf dieses Dokument, welches das Küchenmädchen beim Gemüseholen nach seiner Bestimmung trug, erhielt ich durch dieselbe Botin folgende, hier ebenfalls - und mit Beibehaltung der Orthographie - abschriftlich eingetragene Antwort. Der Eindruck des Briefes war kein angenehmer. Schon das Papier: - ein Stückchen Makulatur, wie es der Dorfkrämer zum Einwickeln seiner Waren benutzt; dann die Schrift: an die Schulhefte zehnjähriger Kinder mahnend, aber der Inhalt, nun der war - interpunktionslos zwar - aber bindend.

»Wohlgeborenes Freilen Mirzl! Wanns kan Spaß nit machen thun so will ich ihr treier Schatz sein und fihle mich sehr gehert in der erwartung Sie bald sehen können edle schöne Mirzl indem ich hofe meine hertzliche Liebe zu lohnen weil ich nicht mehr leben könnt ohne Mirzl morgen ist Kirtag jetzt bin ich für ewig mit Hochachtung Ew. Wohledelgeboren liebender Breitigam Franzl Hubinger.«

Als Stilist war Herr Hubinger nicht » *groß*« - das mußte ich zugeben. Aber war es seine Schuld, daß ihm die Vorteile einer akademischen Bildung nicht zuteil geworden? War sein Charakter darum minder erhaben angelegt? Und würde es ihm nicht ein leichtes sein, wenn er reich geworden, das bißchen Schliff nachzuholen, das ihm fehlte?

Wieder verbrachte ich eine halb schlaflose, halb schwer durchträumte Nacht. Es war mir gar so ein neues, ein viertel glückliches, aber drei viertel *schreckliches* Gefühl, Braut zu sein. Mir träumte von dem morgigen Kirchweihfest - das sollte mein erster Ball und zugleich mein Verlobungsfest sein ... Ein fröhlicher Walzer erklang: »Komm, Mirzl, tanzen wir ...« Ich ließ mich umschlingen und im Tanze fortdrehen, den Kopf an die Schulter meines Franzl gelehnt - mein Franzl, der mir desto lieber und vertrauenerweckender war, als er des Grafen Paul feine Züge hatte, als er, zu mir sich herabbeugend, mit seiner sanften Stimme mir zuflüsterte: » *My darling – my queen* ...«

Am folgenden Tag bat ich die Haushälterin Nani, mich auf den Tanzplatz zu führen – allein hätt' ich mich doch nicht hingewagt. Die Gräfin war wieder hergestellt. Sie selber ermunterte mich, das Fest zu besuchen.

»In deinen Jahren muß man auch Belustigungen haben – geh nur tanzen, Kind ... wirf dich in Staat, du wirst schöner sein als alle Mädeln im Dorf – und doch sind viele hübsche dabei. Zu lang' darfst du aber nicht bleiben ... Später, wenn das Trinken angeht und die Burschen zu schreien und zu raufen anfangen, da mußt du fortgehen.«

Als ich fertig Toilette gemacht, mußte ich mich der Gräfin zeigen.

»Eine wahre *figurine de Sèvres!*« rief sie aus.

Ich hatte mich in der Tat ein wenig rokoko herausgeputzt. Ein geblümtes Kleid mit aufgerafftem Überwurf; rosafarbene Strümpfe und hohe Hackenschuhe; ein Spitzenhäubchen und Rosen auf dem hochfrisierten Haar; Rosen auch am Ausschnitt des gekreuzten halb durchsichtigen Busentuchs; schwarze Sammetbänder um Hals und Arme.

Was ich den ganzen Tag über für Gedanken und Gefühle hegte; wie ich der bevorstehenden Begegnung mit Franzl – dem ich mich inzwischen verlobt hatte – entgegensah, das kann ich heute nicht mehr erzählen, denn ich finde es im Tagebuche nicht verzeichnet. Vermutlich war ich in einem Zustand halber Blödsinnigkeit; vielleicht ging ich zum Tanzplatz wie ein geschmücktes Opfer zum Scheiterhaufen; oder wie ein Kind zu einer Partie »blinde Kuh«, oder wie ein sündhaftes Weib zu einem Stelldichein – ich weiß es nicht mehr.

Die Ereignisse des Bauernballes selber, die stehen wieder da und ich kann sie der Reihe nach berichten.

Neben dem Wirtshaus war eine aus Brettern gezimmerte, mit Reisig geschmückte Tanzhütte errichtet; daneben, im Freien, standen zahlreiche Tische und Bänke, welche alle dicht besetzt waren.

Als wir ankamen - Nani und ich - wurde eben eine Polka ge - soll ich sagen getanzt, oder ge - trampelt? Die Paare waren so zahlreich, daß sie sich Schulter an Schulter drängten; nur mit Mühe konnten sie sich fortbewegen und wiegten sich meist auf demselben Flecke hin und her. Wir mußten uns durchwinden, um zu dem Platze zu gelangen, den uns der Wirt an einem für uns hingestellten Tisch anwies. Aber während dieses Ganges wurde ich plötzlich aufgehalten, indem sich ein Arm um meine Taille legte. Ich schaute auf: es war Franzl, der sofort im Polkaschritt - oder was war das für ein Schritt? - mich durch das wogende Dickicht schob.

Welch ein großer und schwieriger Augenblick! Hier war der Bräutigam, der neugewonnene, und mein Herz sollte sich zu den gehörigen Weihgefühlen schwingen, während meine Füße den richtigen Takt zu den trippelnden Bewegungen meines Partners finden sollten - und beides wollte nicht recht gelingen. - Franzl, wie die übrigen Burschen auch, die besonders »fesch« waren, hielt eine brennende Zigarre im Mund. Das empörte mich.

»Werfen Sie das fort - so will ich nicht mit Ihnen tanzen!«

»No, wär' nit übel - an Vierkreuzerstengel - fortwerfen?«

»Augenblicklich - sonst ist alles aus.«

Er entfernte das beleidigende Kraut von seinen Lippen und reichte es einem andern Burschen hin:

»Da hast, Nazl, das schenk' ich dir.«

»Vergelt's Gott.«

»No sehen's, Mirzl, wie lieb ich Ihnen hab': so was hätt' i für keine andre tan, schon um zu zeigen, daß i nit a so mit mir umkommandieren lass', als wie a Pummerl ... Aber wenn eine gar so viel schön und gar so viel guat is, wie Sie - sagen's, Mirzl, war denn das wirklich Ihr Ernst mit dem Brief?«

»Platz da!« schrie einer, »einhalten - die Herrschaft kommt, die Herrschaft kommt.«

X.

Die Musik hielt inne und alle Tanzenden stellten sich zurück, um die Herren und Damen aus dem Schlosse vorbeizulassen, welche gekommen waren, dem Kirchweihfeste zuzusehen. Es war Graf Paul mit mehreren jungen Freunden und zweien eben auf Besuch anwesenden Cousinen.

»Musik, Musik!« rief der junge Gutsherr. Sogleich nahm die Bande die unterbrochene Polka wieder auf – und die »Herrschaft« begann zu tanzen. Die Bauersleute trauten sich nicht mitzutun und schauten zu. Ich war noch immer an Franzls Seite und er sprach lebhaft auf mich ein; aber ich konnte ihn nicht verstehen, denn wir standen dicht unter den Musikanten.

Da gewahrte mich Graf Paul und auf mich zueilend, forderte er mich zum Tanze auf. – Ach, wie sich's in seinem Arm dahinflog! Als wir an der Gruppe seiner Freunde vorbeikamen, hörte ich, wie der eine zum andern sagte: »Donnerwetter, ist das ein Prachtmädel!« Dann zu meinem Tänzer: » *Un morceau de roi* – gratuliere, Paul!«

»Gehört nicht mir,« warf Paul zurück.

Bis ans Ende der Welt hätte ich so forttanzen wollen, so leicht dahinschwebend, von diesen sicheren und festen Armen über den Fußboden gehoben; – mit Lust atmete ich den bekannten Kölnerwasserduft, der aus dem Taschentuch wehte, welches, rotgerandet und mit rotem Monogramm gestickt, aus der Brusttasche des Grafen hervorschaute ... das tat nach der Zigarre meines vorigen Tänzers doppelt wohl. Auch die Worte, die mir mein jetziger Partner während des Drehens zuflüsterte, träufelten mir süß betäubend in den Sinn.

»Mädchen, wunderholdes Mädchen, so viel Schönheit könnte mich rasend machen ... Dieses Augenfeuer – dieses herrliche Gesichtchen spricht ganze Gedichte von Glück und Liebe ... Du bist nicht für deine jetzige Stellung geschaffen, du mußt einen Menschen zum Gott machen und dabei selber wie eine junge Göttin leben, von Glanz und Freude umgeben – du mußt ...«

»Ich muß Ihnen verbieten, so zu mir zu reden, Herr Graf ... Ich bin ein ehrbares Mädchen ... Sie dürfen nicht ›du‹ zu mir sagen –«

»Fern ist mir die Absicht, Sie zu beleidigen, Liebliche! Ich habe Sie geduzt, wie man Feen und Engel duzt ... Wenn Sie mir erlauben wollen, Sie zu lieben, Sie auf Händen zu tragen ...«

»Führen Sie mich sofort zu Frau Nani –«

»Mirzl!«

»Sofort – ich befehle.«

»So ist's recht: indem Sie befehlen, erklären Sie sich zu meiner Herrin – mehr verlang' ich nicht – und ich gehorche.«

Er brachte mich zu der Stelle, wo Frau Nani saß, und verneigte sich da so ehrerbietig vor mir, wie er auf dem Hofball sich vor seiner Tänzerin verneigen mochte, welche er nach beendeten *Lanciers* an die Seite der Gräfin-Mutter zurückgeführt.

Wie gern hätte ich ihn noch in meiner Nähe behalten, wie gern noch länger solche Reden angehört, die ich ihm verbieten mußte – aber jetzt entfernte er sich und gleich war Franzl neben mir.

»Hören's, Mirzl – dös duld' i nit! Wenn's mi gern hab'n woll'n, so derfen's Ihnen von solche schöne Herren keine Komplimenter in die Ohren wischpeln lassen. Der wollt' ja doch nix anders, als Sie zum besten haben.«

»Reden wir nicht davon, Franzl. Wenn ich wollte, würde der Graf sich eine Ehre daraus machen, mich zur Frau zu nehmen.«

»Daß ich Ihnen nit auslach'! Aber erst – wer weiß? Aus Lieb' hab'n schon manche hohe Herrn ärgere Dummheiten g'macht – und Sie san gar sakrisch sauber ... Aber das sag' ich Ihnen, Mirzl, wenn's wen andern heirat'n, so tu i mir a Leids an.«

»Haben Sie mich denn gar so lieb?«

»Und wie! Wann's mi nimmer mög'n, müßt' i elend sterben.«

»Meinethalb Ihr Leben verlieren – Sie, der Sie meinethalb Ihr Leben in die Schranken geschlagen –«

»Was sagen's?«

»– das soll nimmermehr sein. Ich werde beweisen, daß auch ich groß denken kann, daß ich –«

In diesem Augenblick kam Graf Paul wieder auf mich zu:

»Wollen wir noch ein Tänzchen machen, Fräulein Mirzl?«

Eine Wonne - ich schwöre es, eine Wonne wäre es mir gewesen, mit ihm davonzutanzen. Aber jetzt oder nie mußte ich groß und edel sein - mich auf der Höhe meiner romantischen Lage erhalten.

Ich blickte von Paul zu Franzl - dieser machte ein finsteres Gesicht - und indem ich meinen Arm in den Arm des Gärtnerburschen legte, sagte ich zum Grafen:

»Nein, ich danke vielmals. Dieser Tanz gehört Franz Hubinger - meinem Bräutigam.«

Und ohne das verblüffte Gesicht des jungen Edelmannes eines weiteren Blickes zu würdigen, zog ich Franzl in eine neue Trampeltour fort.

»Das war schön von dir, Mirzl,« sagte er mir, »aber nit recht g'scheit. Der Herr Graf wird sich vielleicht ärgern, daß der Gärtnerg'sell schon ans Heirat'n denkt, und jagt mi davon.«

»Das macht nichts.«

»Das macht nix? No, du redst an schönen Unsinn zam ... glaubst, i find wieder leicht so a gute Stell'?«

Das »du« war mir nicht recht - es sägte so eigens widerwärtig an meinem Gehörnerv - aber konnte ich's dem eben verkündeten Bräutigam verbieten?

»Wir brauchen keine Stelle,« antwortete ich.

»Nit? - Hast etwa so viel Erspartes?«

»Ja - ich hab' etwas.«

»Wieviel denn?«

Die Frage schien mir nicht » *groß*«. Desto mehr Vergnügen machte es mir, dieselbe verblüffend zu beantworten:

»Wieviel? - Eine Million.«

Franzl lachte; er mochte den Witz gut gefunden haben.

XI.

Der Ball nahm seinen Fortgang. Die Damen aus dem Schlosse hatten sich bald entfernt, die jungen Herren aber waren geblieben und hatten sich zusammen an einen Tisch gesetzt. Als ich einmal am Arm eines Jägerburschen an diesem Tisch vorbeitanzte, stand der Graf auf und hielt mich fest.

»Auf ein Wort, Mirzl.«

Mein Tänzer wich bescheiden zurück.

»Was ich Sie fragen wollte ...« begann Paul. »Ist es denn wirklich wahr? Ist der Hubinger Ihr Bräutigam?« Ich senkte den Kopf. »Ich kann nicht finden, daß er zu Ihnen paßt, Mirzl ... Er ist ja sehr hübsch und mag ganz brav sein - aber eine solche Perle wie Sie - in so rauhe Fassung! Sind Sie denn wirklich mit Ihrem Herzen im klaren? ...«

»Wie Sie mich das so teilnehmend fragen, Herr Graf -«

»Ja: wahrhaft teilnehmend - Sie haben das richtige Wort gesprochen - glauben Sie mir ... ich habe keine böse Absicht, Sie Ihrem Glücke zu entreißen - ich frage mich nur, ob das wirklich ein Glück sein wird? Ich habe mich verliebt, ja, ich gestehe es offen ... aber ich kann diese Anwandlung niederkämpfen, wenn es sein muß, und sie in ein warmes Wohlwollen umwandeln ... Erinnern Sie sich, daß Sie einen Freund an mir besitzen. Wenn Sie mich brauchen - sei's um sich von Franzl zu trennen, sei's um sich mit ihm zu vereinen, wenn es hierzu z. B. an einer besseren Anstellung fehlte - dann denken Sie an mich. Und jetzt - behüt' dich Gott ...«

Er drückte mir die Hand und ging. Regungslos blieb ich auf dem Flecke stehen und schaute ihm mit einem schweren Seufzer nach.

Das Fest wurde immer lauter. Die Nacht war völlig hereingebrochen und die Öllämpchen in der Tanzhütte wurden angezündet; auf den Tischen draußen brannten Kerzen unter Glaskugeln. Wein und Bier wurden reichlich ausgeschenkt; schon erhitzten sich die Gesichter und stiegen die Stimmen. In die dunklen Seitenwege verloren sich verschiedene Paare. Lachen, Schreien, Johlen, das Stampfen der Tänzer, die schrillen Weisen der nunmehr auch schon angeheiterten Musikanten füllten die mit unangenehmem Wein- und Pfeifenqualm gefüllte Luft auch mit unangenehmen Tönen.

Mir ward immer banger und unheimlicher. Nein: solchen Festen würde Franzi entsagen müssen ... aber er schien sich darin wohl zu fühlen, wie ein Fisch im Wasser. Unaufhörlich tanzte er mit dieser oder jener. Ost auch stieß er sein Glas an andere Gläser - und stimmte in die verschiedenen »Hoch soll er leben - hoch soll er leben - er le - be - Hoch!« begeistert ein. Mit mir konnte er später nicht viel reden, denn ich drückte mich an die Seite Nanis und gab vor, nicht mehr tanzen zu wollen.

Endlich erreichte er es doch wieder einmal, daß ich seinen Arm nahm. »Ich muß, ich muß mit dir red'n,« hatte er mir zugeflüstert. Gut, dachte ich, reden wir, denn ich hatte ihm auch etwas zu sagen. Nämlich, daß wir noch ein paar - nein, nicht Wochen - ein paar Jahre mit der Hochzeit warten müßten. Ich ließ mich also von ihm fortführen.

Als wir an dem Tische vorbeikamen, wo der junge Graf mit seinen Freunden saß, rief der erstere:

»Halt! - Lassen wir dieses hübsche Bärchen leben.«

Abermals gab's einen Tusch: Hoch sollen sie leben - usw. Franzl machte einen Kratzfuß.

»Dank schön, gnädige Herren - komm, Mirzl.« Und er schob mich weiter.

Meine Wangen brannten. Ich hatte das angenehme Gefühl, das man ungefähr nach Erhaltung einer öffentlich applizierten Ohrfeige haben mag.

Doch es war nicht nach dem Tanzplatz, daß Franzl unsere Schritte lenkte: er bog in einen Seitenweg des Wirtshausgartens. Ich hatte nichts einzuwenden, denn da konnte man besser sprechen, und ich schickte mich also an zu sagen, was ich auf dem Herzen hatte.

»Hören Sie mich an, Herr Hubinger. Ich beabsichtige, morgen von hier wegzureisen ... als Ihre Braut ... bedingungsweise; das heißt, Sie werden durch drei Jahre eine Universität beziehen –«

»A, da hab' ich's ... Hab' schon glaubt, daß ich's verlor'n g'habt hab' ... mein Taschenveitel ... bin ich aber froh! Jetzt, mein Schatzel, red'.«

Also hatte er mich gar nicht gehört, sondern die Zeit über sein Taschenmesser gesucht. Es hieß denn, von vorn anfangen:

»Mein lieber Franzl, es handelt sich um wichtige Maßregeln –«

»I bitt di gar schön, plausch nit.«

»Es handelt sich nämlich ... Aber kehren wir um, hier wird es finster –«

»Je finstrer, je besser – du Marzipanherzl du – die Pußeln hab'n ka Farb!«

... Ein Schrei, so laut, so gellend, wie unter einem Mordanfall entfuhr meinen Lippen. Diese Berührung – roh und rauh – gemein und brutal – o der eine Augenblick! Es war ärger, ärger, ich schwör' es euch, als jener, wo der schnaubende Stier sich über mir gebeugt ... Da hab' ich's erfahren, daß Todesangst gering ist gegen die instinktive Angst, welche die jungfräuliche Reinheit unter dem Attentat der männlichen Sinnengier erfaßt. Ein Augenblick nur zum Glück; denn auf meinen Schrei ließ mich mein Angreifer los und von allen Seiten kamen Menschen herbeigerannt. Ich lief ihnen entgegen – Franzl mir nach.

»Was gibt's? Was ist geschehen?« riefen die Leute.

»Dummheit – nix is g'schehn – geht's außernander, Leuteln – des Madel is a biss'l verruckt.« Und er packte mich wieder beim Arme.

Ich aber riß mich los und stürzte auf Paul zu, den ich eben erblickt.

»Helfen Sie mir – retten Sie mich!« flehte ich, mich an ihn klammernd.

Er legte seine Hand um meine Schulter.

»Seien Sie ruhig, Kind ... Hubinger, was soll das heißen?«

Aber Franzl war wild geworden. Er trat vor ...

»Die g'hört mir, Herr!«

Die andern, erschrocken, daß er gegen den Gutsherrn die gebührende Achtung vergesse, hielten ihn zurück.

Er ballte die Faust und schlug um sich.

»Wollt's mi loslassen – ös dummes Volk? Glaubt's denn, i hab' das Madel fressen woll'n?«

Es kamen immer mehr Menschen herbei – der ganze »Kirtag« bildete einen Kreis um uns. Franzls Augen rollten:

»I lass' mir solche Dummheiten nit g'fall'n,« schrie er.

»Ruhig, ruhig, Kind,« klang es wieder von meines Beschützers Munde, und er schmiegte mich noch inniger an sich.

»I bin ka Hanswurscht,« tobte der andere weiter. »Und das Madel braucht nit zu machen, als hatt' ich's g'stohlen ... i kenn's gar nit. Sie is mir nachg'laufen – nit ich ihr. Seit zwei Tag' is erst da – vordem hab' ich's gar nie g'sehn – und sie hat mir an Heiratsantrag g'macht.«

Der Arm des Grafen ließ mich los. Er trat einen Schritt zurück:

»Ist das wahr. Mirzl?«

Ich aber wandte mich um, um zu fliehen. Ich stieß ein paar Frauen zur Seite, die hinter mir gestanden, und lief fort, fort, an dem nunmehr leeren Tanzplatz vorbei, durch die Dorfstraße bis ins Schloß und geradewegs in den dritten Stock auf mein Zimmer.

Dort sank ich kniend vor meinem Bette nieder und schluchzte – schluchzte, wie ein armes, hartgezüchtigtes Kind unter den ärgsten Hieben schluchzt.

XII.

Nach kurzer Zeit war ich erschöpft; ich konnte nicht mehr weiter weinen, obwohl noch für manchen Tränenstrom der Schmerzvorrat mein Herz erfüllte. Ich erhob mich von meiner knienden Stellung und ging zum offenen Fenster hin, wo der Mond in vollem Glanz hereinschien, das Gemach beinah taghell erleuchtend. Ich setzte mich auf die Brüstung und sah hinaus. Nicht hinab auf die Straße – die lag zu tief –, sondern in das Geflimmer der Sterne, in die blauen Nebellichter der Milchstraße ... Wie klein mein Kummer in Anbetracht zu diesen Myriaden-Welten – und doch wie groß, wie unerträglich groß für mich! ... Vom Wirtshaus klang noch die verhaßt gewordene Trampelmusik herüber – nur die Begleitakkorde hörte man – mir graute davor. O, der Blick des Grafen, als er betreten zurückwich: »Mirzl, ist das wahr?« – Ja, es war wahr. Wie er mich jetzt verachten mochte ... – Was nun? Was morgen tun? Nur eins war möglich: nicht erst abwarten, daß die Gräfin nach dem Bericht der Wirtshausszene mich davonjage, sondern fliehen, zu Aglae fliehen und ihr sagen, daß ich lieber von zehn Stieren zerfleischt werden wollte, als noch einmal in einem finstern Baumgang mit Franzl allein sein ... Ein Geräusch weckte mich aus meinem Sinnen. Ich sah mich um und ließ mich erschreckt vom Fensterbrett herabgleiten: es hatte sich die Tür geöffnet und eine männliche Gestalt näherte sich. Meine Kehle war zugeschnürt – ich konnte keinen Schrei ausstoßen. Doch als die Gestalt in den Bereich des Mondstrahls trat, fand ich meine Stimme wieder – es war der Gefürchtete nicht.

»Graf Paul – Sie!«

Jetzt stand er an meiner Seite im Fenster und hatte meine Hand erfaßt.

»Ja, Mirzl, ich... Sie sind mir dort so entflohen – ich wollte Ihnen nicht nach ... ich zog es vor, den wütenden Franzl zurückzuhalten, der Sie sonst verfolgt hätte. Unglückliches Kind – wie konnten Sie sich nur in den verlieben? – und noch dazu so rasch: in zwei Tagen? Ich dachte, Sie seien seit langem seine Braut und deshalb hierher gekommen –«

»Ach, ich Unglückliche!«

»Aber nicht wahr, Herz, jetzt mögen Sie ihn nicht mehr? ... Jetzt werden Sie Ihre Huld einem Würdigeren schenken? ... Einem, nicht wahr, der Sie zart und sanft behandeln wird ...« Er trat näher an mich heran, »der liebevoll und innig –«

Ich wich zurück.

»Graf Paul, lassen Sie mich ... wie gering, o wie gering Sie von mir denken! ...«

»Mirzl!«

»Freilich, der Schein ist gegen mich und ich kann mich jetzt nicht rechtfertigen – aber glauben Sie mir – bei meinem Eide – ich war das Opfer eines Irrtums ... nicht diesen Franzl hab' ich geliebt, sondern ein Bild meiner kindischen Phantasie – ich verdiene Ihre Verdammung nicht –«

Er glitt langsam auf die Knie.

»Ich verdamm' dich nicht, reizendes Geschöpf – ich lieb' dich!«

Ein heißer Taumel ergriff mich – eine Sehnsucht, auf dieses zu mir erhobene Antlitz, dessen liebverklärte Züge der Mond bestrahlte, mich herabzubeugen, wie Gretchen zu Faust – die Oper hatte ich gesehen – und wie jene zu hauchen: »Dich bet' ich an – – will ster – ben gern für dich ...« – Aber noch rechtzeitig kam ich zu mir: das war ja nicht ich, der diese Werbung galt – nicht das romantische, verirrte, aber unschuldige Mädchen aus ebenbürtigem Hause – das war die leichtfertige Geliebte des Gärtners, die kokette, männernachlaufende Zofe – und was der junge Graf hier suchte – was er berechtigt war hier zu suchen – war ein munteres, kleines Abenteuer.

»Um Gottes willen, stehen Sie auf – gehen Sie fort ... Wie konnten Sie überhaupt hierher zu dringen wagen? ... Ach, ich Arme – so stolz zu sprechen hab' ich wohl in Ihren Augen kein Recht ... also denn, ich befehle nicht, ich bitte, ich flehe ... verlassen Sie mich! Wenn jemand käme – ich wäre verloren!«

»Mirzl, du holdes Kind, zier' dich nicht ...«

»Herr Graf – ich rufe –«

»Vergebens, es ist niemand in der Nähe - die ganze Dienerschaft ist beim Tanz ...«

»Graf Paul,« sagte ich und faltete die Hände in höchster Angst - »Paul, lieber, herrlicher Paul, sei barmherzig: geh!«

Er stieß einen Schrei des Entzückens aus; dieses liebende »du« mochte ihm die Sinne geraubt haben und er umfaßte mich stürmisch ...

Zum zweitenmal an diesem Tage erwachte das Gefühl meiner bedrohten Mädchenehre ... laut aufschreiend riß ich mich aus seinen Armen los, schwang mich auf das Gesims des offenen Fensters und von da - in die Tiefe hinab.

XIII.

Du schweigst, Tante? Ist die Geschichte aus? Warst du tot?

»Nein; ebensowenig wie nach der Stierepisode. Ihr könnt darüber leider nicht im Zweifel sein.«

»Zum Glück. Dieses Ende wäre ja gar zu tragisch gewesen.«

»Nicht tragischer als das der Virginia, oder das der Emilia Galotti. Für jede Standesehre ist schon oft gestorben worden; es ist nicht zu wundern, wenn auch zur Wahrung der Jungfrauenehre das Leben eingesetzt wird – desto verzweifelter eingesetzt, als es die Flucht vor einem unbekannten Schrecken gilt!«

»Wärest du gesprungen, Malwine?« fragte der Leutnant.

»Natürlich –«

»Ja, – dem schönen Grafen um den Hals.«

»Deine Schwester wäre überhaupt nicht in die Lage gekommen,« fiel die Tante ein, »sie ist ein zu gescheites und zu wohlerzogenes Mädchen, als daß sie jemals solche Maskerade unternommen hätte. Die Schwierigkeiten meiner Lage waren nur die gerechte Strafe des Leichtsinns, mit welchem ich die Schranken der Schicklichkeit durchbrochen hatte; die Gesellschaft ist so eingerichtet, daß, wer gegen ihre waltenden Gewohnheiten verstößt –«

»Keine sozial-ethischen Betrachtungen, mein liebes, gutes Tantchen! Bitte, erzähle weiter – die Situation ist ja spannend. Was tat Graf Lotz nach diesem deinem Heldensprung? ... Und warst du schwer verletzt?«

»Nur betäubt. Es stand zufällig ein mit leeren Mehlsäcken gefüllter Wagen unter meinem Fenster. Auf diese war ich hingefallen, zwar ohne Schaden zu nehmen, aber doch unsanft genug, um die Besinnung zu verlieren.

Als ich wieder zu mir kam, lag ich auf meinem Bette und die alte Nani saß neben mir. Es dauerte einige Minuten, bis ich meine Erinnerungen gesammelt hatte und wußte, wer ich sei und was geschehen. Meine erste, ziemlich überflüssige Frage war:

»Bin ich denn nicht tot?«

»Scheint nicht!« antwortete Nani mürrisch.

»Wie ist das nur möglich!« setzte ich den Ausdruck meines gerechten Staunens fort.

»Mehlsäcke sind nicht tödlich.«

»Mehlsäcke?« Ich wiederholte das Wort, ohne den Sinn zu fassen.

»Ja – auf solchen sind Sie gelegen – in des Müllers Wagen, der hier unter dem Fenster steht. Wie sind Sie da hinaufgekommen?«

»Hinauf? Nein hinab ... von jenem Fenster aus.«

»Jessusmariaundjosef! Vom dritten Stock!! Also doch ... ich glaubte, er phantasiere bloß.«

»Wer?«

»Der junge Herr – den man hier in Ihrem Zimmer gefunden – auf der Diele ohnmächtig ... Wie ich vom Kirchweihfest nach Hause gekommen bin, vielleicht eine halbe Stunde nach Ihnen, will ich noch in Ihrem Zimmer nachsehen und schaun, ob Sie sich nicht schämen über die Geschichte mit dem Franzl ... Ich klopfe an: keine Antwort ... Ich mach' auf – es ist stockfinster. Ich zünd' ein Licht an und wen find' ich da? ... den Herrn Grafen – leblos ausgestreckt, und von Ihnen keine Spur. Ich läute Sturm ... Der Graf wird in sein Zimmer übertragen, immer noch bewußtlos. Endlich macht er die Augen auf und fängt zu phantasieren an: »O – auf die Straße gefallen – vom Fenster – den Kopf zerschellt ...« Dann fällt er wieder zurück, von heftigstem Fieber geschüttelt. Wir haben gleich die Frau Gräfin geholt und um den Doktor geschickt ... Nach Ihnen hat man gar nicht mehr gesucht. Soviel hat mir nur die Frau Gräfin, der ich die ganzen Geschichten erzählt habe, befohlen: »Daß mir das Mädel nicht mehr unter die Augen kommt. Sie soll augenblicklich von hier fort, besorgen Sie das, Frau Nani.« Nun ja, ganz natürlich – die Frau Gräfin ist sehr streng auf die Moral – und so ein nichtsnutziges Ding, das nicht nur mit dem Gärtnerburschen ein Verhältnis hat, sondern auch den jungen Herrn in ihrem Zimmer empfängt, der

???Zeile/n fehlend im Original.

ihres Bleibens könnte im Hause nicht sein ... Aber um Sie wegschicken zu können, hätten Sie erst da sein müssen – und wie gesagt, im ganzen Haus keine Mirzl ... Zwei Stunden später aber, neuer Krawall: Jemand entdeckte eine Gestalt auf dem Müllerwagen ...«

»Verzeih die Unterbrechung, Tante, aber jene Mehlsäcke kamen doch wieder merkwürdig rechtzeitig unter dein Fenster gefahren ...«

»So geht es immer in der Welt –«

»Immer kommen Mehlsäcke rechtzeitig angefahren?«

»So geht es, meine ich, daß die Wirklichkeit stets sonderbarere und merkwürdigere Umstände herbeiführt, als man wagen würde zu erfinden. – Aber ich fahre fort. Es ist nämlich immer noch Nani, welche spricht:

»In dieser Gestalt erkennt man die Mirzl, und es wird jetzt abermals ein lebloser Körper auf sein Bett gebracht. Und trotz allem Reiben und Beuteln und Spritzen und Essigeinatmen sind Sie nicht zu sich gekommen ... Warum Sie auf den Wagen überhaupt hinaufgekrochen waren, das hat man sich nicht recht erklären können – einige meinten, es sei zum Rauschausschlafen – darüber habe ich aber doch Zweifel ausgedrückt. Erst jetzt wird mir's klar: Sie sind vom Fenster aus hinabgefallen ... Wie es scheint, hat unser junger Herr zugesehen und ist darüber erschrocken.«

»Ja, ja, so ist es ... Weiß die Gräfin, wo ich gefunden worden?«

»Bis jetzt weiß sie nichts. Es ist auch besser, ihr nichts zu sagen, denn sie wird nur noch wütender werden, wenn sie wüßte, daß Sie, um junge Herren zu erschrecken, beim Fenster hinausspringen.«

»Das ist nicht meine Gewohnheit, Frau Nani.«

Ich richtete mich auf. Bis auf einen leisen Schmerz am Hinterkopfe fühlte ich mich gesund. Nur ein Wunsch beseelte mich: fort. Und so bat ich denn Nani, mir behilflich zu sein, das Schloß sogleich zu verlassen, um bei meiner Gönnerin, Frau Aglae, welche in der Nachbarschaft wohnte, Zuflucht zu suchen.

Da mein Wunsch mit der Weisung übereinstimmte, welche die alte Frau von der Gräfin erhalten hatte, so fand sie sich auch bereit, denselben zu erfüllen. Um so bereiter, als ich ihr anbot, das Geld, welches sie mir auszuzahlen hatte, zu behalten. So half sie mir meinen Koffer packen, ließ ein Bauernwägelchen anspannen – und es war noch früher Morgen, als ich mich einsetzte, um den Ort zu fliehen, wo ich so erschütternde Sachen erlebt und wo ich den Ruf zurückließ, ein – wie hatte Nani doch gesagt? – ein »nichtsnutziges Ding« zu sein.

Und doch ... bei einem – dessen war ich sicher und das tröstete mich über die Meinung der andern – mußte ich die Überzeugung wachgerufen haben, daß ich das Gegenteil von »Nichtsnutz« sei, daß ich Tugend und Ehre hoch halte, höher als das Leben. Jetzt mußte er doch zur Einsicht gelangt sein, daß ich dem Franzl nicht nachgelaufen, daß ich keine leichtsinnige Bauerngeliebte sei, welcher nachzusetzen ein junger Edelmann sich keine Skrupel zu machen brauchte. Und er mußte mich doch wirklich ein wenig lieb gehabt haben, wenn der Schreck über meinen mutmaßlichen fürchterlichen Tod ihn besinnungslos zu Boden warf ... Wenn er zu sich käme, würde es ihm ein Trost sein, zu erfahren, daß ich unversehrt geblieben, und das Andenken an mich würde sein Leben lang ein gerührtes und ein achtungsvolles bleiben.

XIV.

Nach zwei Stunden war ich an meinem Bestimmungsort angelangt.

Aglae war eben erst aufgestanden und empfing mich bei ihrem Frühstück. Ihr Mann war zum Glück abwesend und so traf ich sie allein – worüber ich sehr erfreut war. Sie war die einzige auf der Welt, der ich mich anvertrauen konnte, wenngleich ich auch voraussah, daß sie mich schwer verurteilen würde, denn ihr gegenüber war ich ja gewissermaßen verpflichtet, den Franzl zu heiraten, und davon konnte jetzt doch keine Rede mehr sein.

»Du, Seraphine – wirklich du?« rief sie bei meinem Eintritt. »Ich wollte es kaum glauben, als man dich meldete ... Was kommst du in aller Gottesfrühe daher? ... Und so verstört aussehend – bist du unwohl? Ist etwas geschehen?«

»Ach, Aglae, meine Herzensfreundin, viel – viel ist geschehen ... Und mir ist in der Tat nicht wohl –«

»Hast du vielleicht noch nicht gefrühstückt?«

»Gar nicht dran gedacht.«

»Da, nimm eine gute warme Tasse Tee – da, noch ein Löffelchen Rum dazu – so wird dir gleich besser werden.«

»Ja – das tut wohl!«

»Und jetzt erzähle ... Franzl? Ich errate – o meine arme Freundin – er liebt eine andere?«

»Eher umgekehrt.«

»Eine andere liebt ihn?«

»Ich meine, eher ich ... aber darum handelt es sich nicht. Franzl ist unmöglich ... und auch ich bin dort im Hause unmöglich geworden. Du mußt mich verstehen, Aglae ... ich kann der Gräfin Lotz nicht mehr unter die Augen treten.«

»Um Himmels willen, Seraphine, – ist dir ein Unglück geschehen? ... Du bist so bleich – ich fürchte das Ärgste – –«

»Ach, Aglae, wie konnte ich so töricht lieben? ...«

»Kind, sprich offen – ich bin ja deine beste Freundin ... Wie hast du die letzte Nacht verbracht?«

»Auf Mehlsäcken.« Aglae blickte ein erstauntes Fragezeichen. »Ich war in den Tod gesprungen!«

»In was warst du gesprungen?«

»O, wenn du wüßtest, wie schön, wie verführerisch er war ...«

»Nun, ja, ein recht hübscher Bursch, soviel ich da unten schließen konnte – du weißt, ich habe ihn nur auf dem Schragen gesehen – aber gar so verführerisch –«

»Von wem sprichst du?«

»Ja – von Franzl. Von wem sprichst denn du?«

»Graf Paul – –«

»Was! Der hat dich auf Mehlsäcke gelockt?«

»Niemand hat mich gelockt. Ich bin darauf gesprungen – ganz allein –«

»Sonderbares Vergnügen.«

»Ich hatte keinen andern Ausweg, Aglae. Du hättest dasselbe getan.«

»Bisher habe ich keine ähnliche Neigung verspürt; noch nie habe ich mich in so schwieriger Lage befunden, daß ich als einziges Auskunftsmittel zum Mehlsackspringen gegriffen hätte ... Es will mir scheinen, Herzchen, du machst dir einen Spaß mit mir.«

Es dauerte noch lange, bis es mir gelungen, meine Geschichte auf verständliche Weise vorzubringen. Endlich war alles klargelegt, und zu meiner großen Beruhigung nahm ich wahr, daß Aglae nicht nur es mir nicht übelnahm, daß ich mich von Franzl losgesagt, sondern daß sie sich dessen sogar freute – daß es ihr ein Stein vom Herzen war. Auch tröstete sie mich wegen des vor drei Jahren erhaltenen Kusses: – das sei weiter nichts gar so Bedeutendes. Ärger war das Vergehen der jetzt durchgemachten Maskerade – aber hoffentlich lasse sich die Sache vertuschen, und käme sie doch ans Tageslicht, so war mir nichts Schlimmeres nachzuweisen, als ein mit dem Gärtnerburschen getriebener unschuldiger Scherz und eine gleichfalls unschuldige, auf einem Müllerwagen zugebrachte Nacht.

So wie mir Aglae zu meinem Streiche verholfen, so verhalf sie mir auch wieder zur unerkannten Rückkehr. Noch am selben Tage reiste ich heim. Hierauf begab sich meine Freundin zur Gräfin Lotz und erzählte, daß Mirzl Schulze zu ihr gekommen, von da aber, ohne zu sagen, wohin sie ihre Schritte wende, wieder fortgegangen sei, vielleicht hatte sich die Arme in irgend einen Fluß gestürzt; man wisse gar nichts von ihr.

Über das Befinden des Grafen Paul mußte mir Aglae natürlich Bulletins zuschicken. Er machte eine Nervenkrankheit durch, die ihn mehrere Wochen aufs Lager streckte. Seine erste Frage, als er zur Besinnung kam, galt der Mirzl Schulze, und die Nachricht, daß sie beim Fenstersturz nicht verunglückt sei, schien ihm große Erleichterung zu gewähren.

Nachdem er gesundet, machte er allerlei Schritte, um über das weitere Schicksal des interessanten Zöfchens Auskunft zu erhalten, jedoch ohne Erfolg. Aglae hatte strengsten Auftrag von mir, ihm nicht auf die Spur zu helfen. Um ihren Schützling befragt, gab sie an, von dessen Familie nichts anderes zu wissen als den Namen: Schulze - und den Aufenthaltsort: Wien. Damit war es schwer, ans Ziel zu gelangen.

Dem Franzl ließ ich eine anonyme Schenkung von ein Paar hundert Gulden (über mehr konnte ich vor meiner Großjährigkeit nicht unauffällig verfügen) zukommen, mir vorbehaltend, die Summe später zu verzehnfachen, um so vor meinem eigenen Gewissen meinen Lebensretter doch einigermaßen gelohnt zu haben; - schließlich war ich doch nicht verpflichtet, ihm zum Lohn mich selber zu geben.

XV.

Ein Jahr war vergangen. Ich lebte mit meinen Vormündern in Wien und wir machten dort ein ziemlich großes Haus. Ich war von vielen Bewerbern umgeben, aber es war keiner unter ihnen, der mir so gut gefallen hätte, daß ich geneigt gewesen wäre, ihm meine Hand zu gewähren. Einst war es der Gedanke an Franzl, der mich gegen alle unempfindlich gemacht; jetzt war es der Gedanke an einen andern, der daran schuld war, daß ich mich zu keiner Wahl entschließen konnte. Keiner war mit Graf Paul zu vergleichen, keiner konnte den Eindruck auf mich hervorbringen, den jenes Züge damals hervorgebracht, als er mondbeschienen zu meinen Füßen gekniet. Wie ihr seht, ich war in Paul verliebt –«

»Hast aber schließlich doch Onkel Alfred geheiratet,« unterbrach Malwine; »und sehr bald darauf, denn soviel ich weiß, warst du mit achtzehn Jahren vermählt. Ah, Tante, Tante – die Beständigkeit in der Liebe scheint keine deiner hervorragendsten Mädcheneigenschaften gewesen zu sein.«

»Schnabel, – wie meine Herrin, Gräfin Lotz, bemerkt hätte – höre nur meine Geschichte zu Ende.

Ich hatte über Paul schon lange keine Nachrichten erhalten. Aglae war aus jener Gegend fortgekommen und sonst war ich mit niemand dort im Verkehr.

Eines Tages machte mir meine Pflegemutter folgende Eröffnung: Gräfin Lotz sei mit ihr in Briefwechsel getreten – es handle sich um eine Partie zwischen dem Sohne Paul und mir.

Also hatte die alte Dame diese Idee nicht fallen gelassen ... Gräßlich aber war mir der Gedanke, daß sie in mir das weggejagte Stubenmädchen wiedererkennen würde, und ich dachte schon an Mittel und Wege, einer etwaigen Begegnung zu entgehen und war auf dem Punkte, zu erklären, daß ich von so einer Partie durchaus nichts wissen wolle. Aber ich schwieg ... Denn plötzlich erfaßte mich die Sehnsucht, Paul wiederzusehen ... Wer weiß? ... Vielleicht ... ich dachte den Gedanken nicht aus, aber ich fragte auf die eben gemachte Mitteilung zurück:

»Nun? – Und wie soll das eingeleitet werden? Wird die Gräfin mit ihrem Sohn nach Wien kommen?«

»Die Mutter noch nicht; vorläufig nur der Sohn. Heute über acht Tage wird er bei uns erscheinen. Ich habe der Gräfin geschrieben, daß an diesem Tage, anläßlich deines achtzehnten Geburtstages, ein Ball bei uns stattfindet; das ist die beste Gelegenheit – dein Freier wird dieselbe benutzen, um sich dir vorzustellen. Du kannst dir ihn ja auf alle Fälle ansehen!«

»Gut, ich werde mir ihn ansehen ... Das verpflichtet zu nichts. – Aber eine Bedingung stelle ich: ich wünsche, daß zu diesem Balle alle Damen, ich natürlich auch, maskiert erscheinen.«

»Was ist das für eine Laune?«

»Ich habe meine Gründe.«

»Diesen Scherz kannst du dir ja leicht machen. Du brauchst nur deine Eingeladenen zu verständigen.«

Einige Tage später erhielt ich einen Brief des Grafen Paul. Er steht hier abschriftlich eingetragen:

»Hochgeehrtes Fräulein! Wenn zwei junge Leute, die einander nicht kennen, von ihren Eltern behufs Eheschließung zusammengeführt werden, so kommt es öfters vor, daß der eine oder der andere Teil nicht mehr freien Herzens ist und dann vertrauensvoll dem andern sagt: Haben Sie die Güte: schlagen Sie mich aus. – Es ist mir bekannt, daß Ihnen bekannt ist, was meine Vorstellung in Ihrem Hause bezwecken soll. Nun ist aber der obenerwähnte Fall mein Fall. Ich hege eine tiefe Neigung ... Doch habe ich meine Gründe, vorläufig meiner Mutter den Wunsch zu erfüllen, mich als Ihr Bewerber zu erklären. Also befinde ich mich auch in der Lage, Sie zu bitten – ›geben Sie mir einen Korb!‹

Ich finde, daß die Sache für uns beide leichter abgemacht ist, wenn dieselbe schon vor unserer ersten Begegnung klargestellt worden; es fällt dann jene verletzende Voraussetzung fort, daß der Korb aus persönlichem Mißgefallen verlangt oder gegeben wird. Es ist ja auch der Fall möglich – und nach allem, was ich von Ihrer großen Schönheit und Liebenswürdigkeit gehört, sogar wahrscheinlich –, daß es mir – nachdem ich Sie gesehen – ungeheuer erschwert würde, das oben ausgedrückte Verlangen an Sie zu richten. Zudem ist noch der dritte Fall am allerwahrscheinlichsten, daß Sie mir aus eigenem Impulse ein Körbchen reichten, und auch dieser, meine Eitelkeit kränkenden Eventualität wird durch meinen gegenwärtigen Schritt vorgebeugt. Wüßte ich nicht durch Ihre Freundin Aglae, daß Sie ebenso geistreich wie schön sind, hätte ich nicht gewagt, so offen zu Ihnen zu sprechen; so aber kann ich hoffen, daß Sie mich verstehen und in Huld betrachten als Ihren aufs tiefste ergebenen, *abgewiesenen* Paul Lotz.«

»Aha,« bemerkte der Leutnant.

»O, du brauchst nicht gar so schlau lächelnd und alles durchblickend dreinzuschauen, mein Lieber. Natürlich glaubst du erraten zu haben, daß die treue und geheime Neigung der Mirzl Schulze galt. – Auch ich erriet im ersten Augenblick dasselbe. Jener heftige Schreck bei meinem Sturz aus dem Fenster ließ wohl auch auf eine heftige Neigung schließen ... Aber andrerseits: was kannte der Graf von dieser Mirzl Schulze, das ihm hätte Liebe einflößen können, und was war sie? – ein dahergelaufenes, und nach zwei Tagen wieder davongelaufenes und während dieser Zeit einem Gärtnerburschen nachgelaufenes Ding ... Schon damals hatte er seiner Mutter erzählt, daß er ein Frauenbild im Herzen trage – o, sicherlich, er liebte eine Dame aus der Gesellschaft, vermutlich eine verheiratete Frau, und nur um sich von seiner vielleicht unglücklichen Leidenschaft zu zerstreuen, hatte er mit dem hübschen Zöfchen liebeln wollen. So sind ja diese jungen Herren – das wußte ich sattsam aus meinen Lektüren.

Mit großer Spannung und Erregung sah ich dem Feste entgegen, da ich Paul wiedersehen sollte. Ich freute und fürchtete mich auf die Begegnung. Zuerst unter der Maske – dann die Erkennungsszene: es würde jedenfalls in hohem Maße interessant werden.

Ich schickte dem Grafen folgende Antwort:

»Gut – das Körbchen ist bereit. Ich werde es jedoch mit Vergißmeinnicht füllen. Diese Scharade verstehen Sie nicht? Die Lösung soll Ihnen am Ballabend werden.

Seraphine.«

Noch vor dem Balle natürlich machte Graf Lotz seinen Aufwartungsbesuch, doch wurde er nur von meinen Vormündern empfangen - ich selber blieb auf meinem Zimmer. Ich vermied es überhaupt, die ganzen Tage hindurch auszugehen, damit ich ja nicht vor dem betreffenden Abend von Paul gesehen und erkannt werde.

XVI.

Der große Abend war gekommen. Ich hatte ein Rokokosoubrettenkostüm angelegt und mein Gesicht unter einer Atlaslarve versteckt. Meine Freundinnen, der ausgegebenen Verordnung, von der sie sich nur erhöhtes Vergnügen versprachen, bereitwilligst sich fügend, waren auch alle maskiert erschienen.

Das Fest war sehr lebhaft - alles belustigte sich köstlich. Durch meine Maske war ich der Hausfräuleinpflicht enthoben, die Gäste zu empfangen und mit ihnen liebenswürdig zu sein - was mir bei meiner großen inneren Erregung auch sehr schwer gefallen wäre - und ich konnte in einer versteckten Fensternische bleiben, von wo ich unverwandten Blickes zur Eingangstür schaute, um den bang Erwarteten kommen zu sehen.

Und er kam! Wie vornehm und vorteilhaft er doch im Gesellschaftsanzug - ein Vergißmeinnichtsträußchen im Knopfloch - aussah! Mein Herz flog ihm entgegen.

Er näherte sich meiner Vormünderin, die einzige unmaskierte Dame im Salon, und diese mußte ihm verraten haben, wo ich zu finden sei, denn er kam geraden Wegs auf meine Fensternische zu.

Ein heftiges Zittern ergriff mich.

»Gnädiges Fräulein,« sagte er mit einer Verbeugung - »die Hausfrau war so gütig, mich an Sie zu weisen. Erlauben Sie, daß ich mich Ihnen vorstelle - ich habe bereits die Ehre, mit Ihnen im Briefverkehr zu stehen - mein Name ist Paul Lotz.«

Ich neigte den Kopf.

»Ich war nicht darauf gefaßt, ein Maskenfest hier vorzufinden,« fuhr er fort. »Gehört dies auch zu der Vergißmeinnicht-Scharade?«

Jetzt hatte ich meine Fassung einigermaßen wiedererlangt.

»In der Tat ja,« antwortete ich, »Und wenn Sie mir folgen wollen, Graf Lotz, so soll Ihnen die Lösung werden - hier läßt sich nicht ungestört sprechen: kommen Sie ...«

»Ich bin bereit, Ihnen bis zum Nordpol zu folgen, schöne Maske - an Mut fehlt es mir nicht. Ihre Stimme könnte mich auch noch weiter locken ... Ich kann Ihnen nicht sagen, was für Erinnerungen diese Stimme in mir weckt.«

»Eine Erinnerung? Das ist vielleicht schon eines der versprochenen Vergißmeinnicht ... Hierher.«

Ich zeigte den Weg durch die ganze gefüllte Salonreihe, an deren Ende sich mein, den Gästen nicht geöffnetes kleines Schreibzimmer befand; in dieses ließ ich den Grafen nach mir eintreten, und die Portiere fiel hinter uns zu.

Der Raum, ganz mit rosa Atlas austapeziert - mit rosa Atlasmöbel auf weißem Plüschteppich - war nur durch eine von der Decke herabhängende Ampel aus rosa Mattglas beleuchtet und von heftigem Fliederduft erfüllt. Es war mein Geburtstag: und hier hatte ich sämtliche Blumengaben aufgespeichert, die mir aus diesem Anlaß geschickt worden. Alle übrigen Strauße an Größe überragend, standen zu beiden Seiten des Kamins zwei mit Riesengarben weißen Flieders gefüllte Vasen.

»Sie führen mich ja in den Palast der Blumenfee, mein Fräulein ... Ich gestehe, mein Mut beginnt zu sinken.«

Ich setzte mich und zeigte mit dem Fächer nach einem gegenüberstehenden Sessel.

»Auch ich empfinde etwas Angst,« sagte ich; »vermutlich mehr als Sie - doch jetzt lassen Sie uns sprechen.«

»Gern,« antwortete Paul, sich auf den angewiesenen Platz niederlassend; »sprechen wir, d. h. beginnen wir mit der Rätsellösung. Vor allem, wollen Sie nicht Ihre Maske ablegen? ... Ich weiß, wer Sie sind - was bezweckt also das Verhüllen Ihres Antlitzes? Vielleicht ist's Barmherzigkeit - auf daß ich nicht geblendet sei, auf daß ich nicht bereue, was ich Ihnen geschrieben habe?«

»So eitel bin ich nicht. Aber ich habe einen gewichtigen Grund, die Maske noch vorzubehalten -«

»Ah, diese Stimme! ...«

»An wen erinnert Sie die?«

»An wen? An das Mädchen, das ich liebe.«

Ein freudiger Schreck durchzuckte mich bei diesen Worten ... so war es doch vielleicht Mirzl Schulze ...

»Und nicht nur die Stimme,« fuhr er fort, »auch die Gestalt – ja sogar das Kostüm mahnt mich an die Geliebte. Denn, daß ich's Ihnen gestehe: sie ist keine Dame Ihres Standes – sie ist das, als was Sie verkleidet sind: eine Soubrette. Dabei eine Heldin. Ihr Leben hat sie hingeopfert – der Ehre willen.«

»Ist sie tot?«

»Vielleicht. Ich habe ihre Spur verloren.«

»Und doch sind Sie ihr treu?«

»Mein Herz und mein Kopf sind so voll von ihrem Bilde, daß es ein Verbrechen an einer andern wäre, wenn ich einer andern mich verbinden wollte. Ihnen, mein Fräulein – mehr noch als mir – war ich diese offene Erklärung schuldig. Ob ich sie jemals wiederfinde, das weiß Gott. – Und wenn ich sie wiederfände, so gäbe es heiße schwere Kämpfe – denn nicht leichten Herzens könnte ich meiner Mutter den Schmerz antun, eine solche Mißheirat einzugehen. Kurz, ich liebe unglücklich und hoffnungslos – aber ich liebe – und das habe ich Ihnen nicht verschweigen dürfen.«

Kinder – es war eine schöne, eine selige Minute, als ich diesen Worten lauschte ... Ich war geliebt – kein Zweifel – ich war geliebt. Unter dem Sonnenstrahl dieser Sicherheit brach in meinem eigenen Herzen die längst darin verborgene Knospe *meiner* Liebe zu voller, süß betäubender Pracht auf ... und ich genoß dieses glücklichste Bewußtsein, das es auf Erden gibt: geliebt zu sein und wieder lieben ... Ihr müßt nicht staunen, daß ich in meinen alten Tagen noch so schwärmerisch von Dingen rede, die ja nur in der Jugend empfunden werden: ich habe mir diese Stunde so eingeprägt, mir so oft ins Gedächtnis gerufen, so als meinen wertvollsten Erinnerungsschatz gehütet und bewahrt, daß mir alle ihre Einzelheiten gegenwärtig geblieben find. – Darum sehe ich ja noch die rosa Seidenreflexe der mich umgebenden Stoffe; atme beinah' noch jene Fliederdüfte, die mich da umfächelten, und höre die Walzermelodie, die vom Tanzsaal leise herüberklang ... Folgt darin meinem Beispiel, Kinder: wenn sich eine Stunde des Glücks auf eurem Pfade findet – und welches Menschenleben wäre so arm, daß nicht *eine* liebverschönte Stunde dasselbe zu verherrlichen käme? – o, dann genießet sie mit Inbrunst und lasset sie eurem Gedächtnis nicht entfliehen; solang' als nur immer möglich lasset den Widerhall des Glücksakkordes in eurem Herzen nachklingen, der in jener *einen* Stunde ertönte, wo, wie der Volksmund sagt, der Himmel voller Geigen hing'.«

»Tante, du sprichst ja mit einer Weihe von der Freude, wie solche von andern Leuten nur für die Erhabenheit des Schmerzes gespart wird.«

»Es ist wahr, Georg! ich gestehe es; es ist ein andächtiges Gefühl, das ich dem Glück entgegenbringe, dasselbe flößt mir Ehrfurcht ein – es ist ein Abglanz aus anderer, höherer Welt ... Aber ich bitt' euch, Kinder, lasset mich nicht metaphysisch werden ... Wo waren wir geblieben?«

»Im rosafarbenen Boudoir, wo es nach Flieder duftet und wo eine maskierte Soubrette en tête-à-tête mit einem jungen Ritter in Liebe glüht – allerdings eine hübsche Sachlage –«

»Um so hübscher, als mir eine Steigerung des Interessanten bevorstand: – die Demaskierung. Welche große, gewaltige Freude hatte ich da in der Macht, demjenigen zu reichen, der sich von meiner Gunst weiter nichts als ein Körbchen erbat ...«

»Graf Paul,« sagte ich, auf ein vor meinen Füßen liegendes Kissen zeigend, »knien Sie nieder – hier.«

»Ich gehorche. – Aber wenn jemand mich so fände –?«

»Hierher kommt niemand. Und schließlich –« ich legte meine beiden Hände auf seine Achseln – »einem Bräutigam könnte man diese Stellung verzeihen und als solcher werden Sie sich von hier erheben –«

»Fräulein Seraphine! ... Sie fahren fort, mir Scharaden aufzugeben.«

»Ich bin nicht Seraphine – ich bin –«

Er riß mir die Maske vom Gesicht, und mit einem hellen Freudenschrei mich umschlingend:

»Mirzl! – mein Mirzl!« rief er unter Küssen.

*

Jetzt, Kinder, ist die Geschichte aus; denn die nachträglichen Erklärungen und Erläuterungen über meine Identität, meine vorangegangene Verkleidung, meine törichte Schwärmerei für den Lebensretter, über die Krankheit Pauls, über meine Flucht, das alles könnt ihr euch ja denken - auch wie die alte Gräfin in der Folge sich mit dem »Schnabel« aussöhnte, weil ihr Aglae zu verstehen gegeben, daß die reiche Erbin unter einer Verkleidung ins Haus gekommen sei, um den ihr bestimmten Bewerber zu studieren.

»Ich finde, Tante, daß die Geschichte weniger aus ist denn je,« sagte Georg. »Es muß ja noch eine Tragödie abgesetzt haben, ehe du dich von Paul Lotz losgetrennt, um Onkel Alfred zu heiraten.«

»Ach - habt ihr's denn nicht erraten? Mein Held hieß Alfred und nicht Paul - hätte ich das gleich zu Anfang gesagt, so war ja das ganze Ende vorauszusehen. Die einzige Unwahrheit, die ich mir erlaubt habe, war diese, im Interesse eurer Spannung vorgenommene Namensänderung.«

»Also eigentlich dankst du dein Lebensglück - denn wir wissen, daß dich Onkel Alfred sehr glücklich gemacht hat -«

»Und - bis zur Stunde - noch macht,« schaltete die alte Frau ein.

»Dankst du einem wütenden Stier -«

»In der Tat - schreckliche Ursachen -«

»Selige Wirkungen!«

tredition®

Über tredition

Eigenes Buch veröffentlichen

tredition wurde 2006 in Hamburg gegründet und hat seither mehrere tausend Buchtitel veröffentlicht. Autoren veröffentlichen in wenigen leichten Schritten gedruckte Bücher, e-Books und audio-Books. tredition hat das Ziel, die beste und fairste Veröffentlichungsmöglichkeit für Autoren zu bieten.

tredition wurde mit der Erkenntnis gegründet, dass nur etwa jedes 200. bei Verlagen eingereichte Manuskript veröffentlicht wird. Dabei hat jedes Buch seinen Markt, also seine Leser. tredition sorgt dafür, dass für jedes Buch die Leserschaft auch erreicht wird.

Im einzigartigen Literatur-Netzwerk von tredition bieten zahlreiche Literatur-Partner (das sind Lektoren, Übersetzer, Hörbuchsprecher und Illustratoren) ihre Dienstleistung an, um Manuskripte zu verbessern oder die Vielfalt zu erhöhen. Autoren vereinbaren direkt mit den Literatur-Partnern die Konditionen ihrer Zusammenarbeit und partizipieren gemeinsam am Erfolg des Buches.

Das gesamte Verlagsprogramm von tredition ist bei allen stationären Buchhandlungen und Online-Buchhändlern wie z. B. Amazon erhältlich. e-Books stehen bei den führenden Online-Portalen (z. B. iBookstore von Apple oder Kindle von Amazon) zum Verkauf.

Einfach leicht ein Buch veröffentlichen: **www.tredition.de**

Eigene Buchreihe oder eigenen Verlag gründen

Seit 2009 bietet tredition sein Verlagskonzept auch als sogenanntes "White-Label" an. Das bedeutet, dass andere Unternehmen, Institutionen und Personen risikofrei und unkompliziert selbst zum Herausgeber von Büchern und Buchreihen unter eigener Marke werden können. tredition übernimmt dabei das komplette Herstellungs- und Distributionsrisiko.

Zahlreiche Zeitschriften-, Zeitungs- und Buchverlage, Universitäten, Forschungseinrichtungen u.v.m. nutzen diese Dienstleistung von tredition, um unter eigener Marke ohne Risiko Bücher zu verlegen.

Alle Informationen im Internet: **www.tredition.de/fuer-verlage**

tredition wurde mit mehreren Innovationspreisen ausgezeichnet, u. a. mit dem Webfuture Award und dem Innovationspreis der Buch Digitale.

tredition ist Mitglied im Börsenverein des Deutschen Buchhandels.

Dieses Werk elektronisch lesen

Dieses Werk ist Teil der Gutenberg-DE Edition DVD. Diese enthält das komplette Archiv des Projekt Gutenberg-DE. Die DVD ist im Internet erhältlich auf **http://gutenbergshop.abc.de**